알프스의 노래

알프스의 노래

Song of the Alps

하이디, 알프스에 가다

박민희 지음

알프스의 봉우리와 산허리에 펼쳐 있는 푸른 풀밭 양 떼와 목동,
산기슭 작은 마을에 옹기종기 모여 사는 사람들과 작은 예배당…
그 알프스의 나라를 보러 간다

좋은땅

목차

여행을
계획하며

스위스. 어릴 적 알프스의 소녀를 읽고 늘 동경하며 꿈꾸어 오던 나라. 알프스의 봉우리와 산허리에 펼쳐 있는 푸른 풀밭, 양 떼와 목동, 산기슭 작은 마을에 옹기종기 모여 사는 사람들과 작은 예배당…. 그 알프스의 나라를 보러 간다. 이번 여행은 언니와 함께 가기로 했다. 형부가 갑자기 주님 품에 가시고 나서 슬퍼하며 상심하는 언니와 함께 처음으로 유럽에 나간 적이 있었다. 그때는 재림이가 프라하에 유학 중이라 함께 프라하로 가서 일주일을 보내고 여행사와 현지 조인을 해서 동유럽 일주를 했다.

언니의 슬픔이 채 가시지 않은 시기라 그때는 각자 많은 생각에 잠겨 말없이 여행을 다녔다. 투어버스 안에서도 언니는 혼자 앉기를 원해서 그렇게 해 주었다. 같이 여행을 다닌 팀의 사람들이 둘이 싸웠냐고 왜 떨어져 다니는지 질문을 해도 말없이 미소만 짓고 우린 그렇게 여행을 다녔다. 가끔씩 언니의 얼굴에 묻어나는 슬픔을 보며 마음 아픈 언니를 어떻게 대해야 할지 몰라 힘들기도 했다. 나에게는 상당히 무거웠던 그 여행이 언니에겐 어떤 의미였는지 모르지만 그때 그 여행을 계기로 언니는 여행 마니아가 되었다. 해마다 돌아가며 서유럽, 북유럽, 발칸반도, 스페인을 혼자서 다녀왔다. 혼자서 제주도에도 안 가 본 언니가 그렇게 변해서 여행을 다니다가 최근 2년 동안은 일이 바빠 한 번도 못 나갔다.

나도 재림이가 군대에 간 후 한 번도 유럽을 나가지 못해 아쉬웠는데 이번에 여행사 스위스 패키지 상품이 비수기라 싸게 올라왔기에 언니에게 넌지시 갈 의향이 있느냐고 물었더니 그날 바로 예약을 해 버렸다. 그렇게 빨리 가자고 할 줄 몰랐는데 어지간히 여행이 가고 싶었나 보다. 더구나 스위스에 가자고 하니 바로 오케이…. 언니도 늘 스위스에 한번 가 보고 싶어 했지만 스위스가 물가가 워낙 비싸 패키지 여행도 항상 비싸서 엄두도 못 내었는데 2월 가장 비수기라 정말 착한 가격에 그것도 대한항공으로 갈 수 있는 기회가 온 것이다. 둘 다 여유가 있는 것도 아니다. 아마 할부로 1년을 갚아 나가야 할 것이다. 잘 먹고 잘 입고 좋은 집에 살아야 한다는 욕심이 없으니 여행이 유일한 사치인지도 모른다.

그러나 형부가 주님 품에 가시고 혼자서 살아가는 언니가 여행을 통해 조금이나마 위안을 받고 삶의 여유를 찾을 수 있다면 이 또한 좋은 것이리라. 형부가 살아 계실 때 언니는 함께 단 한 번도 가족 여행을 가지 못했다고 후회했다. 늘 조금만 더 여유 있게 되면 그때 가야지 하고 미루었는데 그 여유는 형부가 주님 품에 갈 때까지 찾아오지 않았다. 결국 여유는 우리 스스로 만드는 것이라는 걸 나중에야 알게 되었다. 물론 우리는 살면서 일부러 빚을 져 가며 무리한 삶을 살지는 않는다. 그러나 어떤 것이 꼭 해야 할 일이고 우리에게 소중하고 가치 있는 일이라면 작은 욕심을 부려 보라고도 말해 주고 싶다.

그리고 기왕이면 사랑하는 소중한 사람들이 우리 곁에 있을 때에 함께 여행을 떠나 보라고 말해 주고 싶다. 함께 아름다운 풍경을 보고 손잡고 걸으며 낯선 곳에서 맛있는 음식도 먹어 보고 살면서 늘 바빠 표현하지 못했던 마음도 내어 주고 서로를 바라보며 많은 얘기도 나누어 보길 바란다. 겨울에 떠나는 스위스! 동화 속 하이디가 살고 있을 것 같은 그 알프스로 이제 출발이다.

프랑크푸르트

2월 4일. 드디어 출발이다. 인천공항에 도착하니 온통 마스크 천지다. 코로나 덕분에 공항에 중국인이 거의 없다. 그리고 사람도 별로 붐비지 않는다. 2월 비수기이긴 하지만 공항이 너무 한산하다. 사실 여행 계획을 세워 놓고 조금 걱정이 되었다. 중국발 신종 코로나 소식 때문에 온 지구촌이 조금씩 시끄러워져 가던 때라 해외여행을 하는 것이 조심스러웠고 혹시라도 감기에 걸려 여행을 떠나지 못할까 봐 아프지 않으려고 엄청 애를 썼다. 코로나 뉴스 때문에 여행을 2월 중순으로 미루고 바이러스가 사라지면 갈까도 생각했는데 언니가 눈 덮인 알프스를 보려면 지금 가야 한다고 해서 감행한 여행이었다. 떠나기 전날 짐을 싸며 평소에 자주 이용하는 공항 택시기사님께 전화를 했는데 받지 않아 예약 문자를 남겼다. 예약 문자에도 답장이 없어 할 수 없이 개인택시를 하시는 교회 성도 분께 전화를 드렸다. 처음에는 새벽에 일어나실 수 없다고 거절하셨는데 다시 전화가 오셔서 태워 주시겠다고 하셨다. 연로하신 분이라 참으로 죄송했지만 여행은 가야겠기에 신세를 지기로 했다. 그렇게 해서 김해공항을 출발, 인천공항에서 언니를 만나 프랑크푸르트로 출발했다.

인천에서의 환승시간이 너무 길어 조금 지루하긴 했지만 언니랑 둘이 수다 떨고 얘기하다 보니 금방 몇 시간이 지나갔다. 프랑크푸르트행 비행기는 거의 만석이었지만 통로 쪽을 고집하는 언니와 창가 쪽을 원하는 나는 운 좋게 가운데 좌석이 빈 채로 가게 되었다. 2년 만에 타는 유럽행 비행기라 살짝 긴장도 했지만 이날의 비행은 너무도 순조로운 여행을 알리는 신호처럼 한 번도 흔들림 없이 편안하게 갔다. 기내식으로 주는 된장찌개 덮밥도 너무 맛있었고 화이트와인과 커피도 정말 좋았다. 간간이 창밖으로 내다보았던 우랄산맥과 눈으로 꽁꽁 얼어 있는 바이칼호수는 너무나 장관이어서 새삼 창조주이신 하나님을 경배하게 했다. 이 대자연을 볼 때 나는 얼마나 미약한 작은 사람인지…. 비행시간 내내 간간이 창밖을 내다보며 많은 생각에 잠겼다.

거의 열두 시간을 비행해서 도착한 프랑크푸르트공항. 비가 약간 내리고 있었고 이미 해가 져서 공항은 너무 한적하고 약간은 침침했다. 날씨는 찹찹하고 차가운 공기가 매서웠다. 드디어 독일에 왔다. 스위스를 가기 위해 경유한 곳이지만 그래도 프랑크푸르트에 꼭 한 번 와 보고 싶었는데 도착하니 어둠이 내리고 도시는 차가운 비바람에 둘러싸여 있었다. 하이디가 데테이모의 손에 이끌려 클라라의 말동무를 하기 위해 왔던 도시. 알프스가 보이지 않아 예배당의 높은 꼭대기에 가서 알프스를 보고 싶어 했던 그 도시다. 크고 활발한 도시의 모습은 어둠에 싸여 보이지 않고 지나가는 버스와 트렘이 이곳이 도시임을 알려준다. 공항에는 사람들이 별로 많지 않다. 입국 심사를 마치고 걸어 나오며 본 공항은 텅 빈 도시 같다.

우리가 도착한 시간이 저녁 시간이라 그렇기도 하겠지만 공항에 사람이 너무 없으니 조금 스산한 느낌이다. 함께 여행하는 일행들과 인사도 나누지 못한 채 곧바로 대기하고 있던 버스에 타서 프랑스 국경마을 스트라스부르로 이동하는 바람에 정말 프랑크푸르트는 눈도장만 찍고 지나왔다. 버스 안에서 가이드는 지금 바로 세 시간을 이동해야 하고 비가 오고 날이 어두우니 기사 아저씨의 소개와 인사는 내일 하자고 했다.

출발하기 전에 현지 한국 식당에 주문한 김밥이 도착해서 스위스여행을 본격적으로 하기 전 마지막 한식이라 할 수 있는 도시락을 받았다. 대한항공 기내에서 우린 너무도 잘 먹어서 배가 고프지 않았지만 그래도 김밥을 받으니 냄새가 좋았다. 가이드는 아마 호텔에 도착하면 분명 배가 고플 거라며 그때 드시든지 아니면 잠들고 눈을 뜨면 분명 새벽 2시일 테니 그때 드셔도 된다고 했다. 겨울이니 창가에 두면 그 시간까지는 괜찮을 거라며 내일 아침까지는 두지 말라고 했다. 기내에서 그렇게 먹었는데도 몇 사람은 도시락을 열어서 먹었다. 가이드가 체하지 않게 잘 드시라며 신신당부를 하는 소리를 들으며 잠깐 잠이 들었다. 기내에서 잠을 거의 자지 않아 갑자기 피곤이 몰려왔다. 살짝 잠이 들었다가 눈을 뜨니 버스는 어둠 속을 달리고 있었다. 더 자고 싶은데 다리가 너무 아파 잘 수가 없다.

패키지여행의 일정은 공항에 도착한 후 가까운 호텔에서 자면 좋을 텐데 항상 긴 비행시간을 마치고 바로 세 시간 정도의 거리를 버스를 타고 움직여야 하는 곳에서 투숙을 한다. 도시 하나를 덜 보더라도 가까운 곳에서 자고 다음 날 밝은 시간에 움직이면 좋겠는데 연달아 앉아서 움직이니 그게 좀 아쉽다. 아침에 눈을 뜨면 결국 그 도시는 잠만 자고 가는 도시여서 좀 어이가 없을 때가 있다. 독일의 그 유명한 무제한 아우토반 고속도로를 우린 아주 천천히 달리며 비가 내리는 프랑크푸르트로부터 그렇게 멀어지고 있었다.

알자스마을
(쁘띠 프랑스)

인천공항을 떠나 열두 시간을 날아온 비행기는 우리를 독일의 프랑크푸르트공항에 데려다주었다. 독일을 느껴 볼 여유도 없이 곧바로 버스에 탑승해서 스트라스부르로 향했다. 차 안에서 보는 바깥 풍경은 깜깜해서 아무것도 보이지 않았다. 우리나라처럼 거리의 불빛이 환한 도시가 아니어서 점점이 희미한 불빛만 보이는 어두운 풍경을 지나 프랑스 국경마을에 위치한 작은 호텔에 도착했다. 비가 조금씩 내리고 있었고 호텔은 유럽의 낡은 빌라 같은 느낌이었다. 화장실은 좁고 샤워부스도 없는 낡은 호텔이었지만 1층에 있어서 그나마 캐리어를 들고 올라가지 않아도 되어서 다행이었다.

비가 내려 춥고 난방이 되지 않아 으스스한 상태라 리셉션에가서 직원을 불러온 다음에야 난방이 가동되었다. 카펫이 깔려 있어 건조했지만 라디에이터에 젖은 수건을 올려놓으니 숨쉬기가 조금 편해졌다. 침대 두 개와 작은 책상과 의자, 벽걸이 옷장이 전부인 호텔방이었지만 핫팩을 침대에 두 개 붙이고 누우니 세상 부러울 게 없었다. 비행기 안에서 불편한 자세로 열두 시간 가까이 앉아 있다가 또 버스로 세 시간 가까이 앉아 오니 다리가 펴지질 않을 것 같더니 핫팩을 붙이고 다리를 쭉 펴서 누우니 침대 위에 누운 것만으로 너무 행복했다. 밖에는 추적추적 비가 내리고 있었고 스위스를 향한 여행의 첫날 밤은 프랑스국경마을에서 그렇게 조용히 깊어 가고 있었다.

다음 날 가이드의 예언대로 새벽 2시에 눈을 뜬 우리는 그때부터 씻고 짐 챙기고 성경 말씀을 보고 많은 것들을 했는데도 아침이 빨리 오지 않았다. 전날 버스 안에서 받은 김밥을 꺼내서 조금 먹었는데 맛이 괜찮았다. 도시락 한 개를 둘이 나눠 먹고 하나는 그대로 남았는데 아침까지는 두고 먹을 수 없을 것 같았다. 조금 아깝긴 했지만 그게 스위스로 넘어 가기 전 마지막으로 먹는 한식이 되었다. 커피를 한 잔 끓여 마시고 일정표를 보며 하루 일정을 체크해 보다가 다시 잠깐 눈을 붙

알자스마을 (쁘띠 프랑스)

Brasserie des Tanneurs

이고 일어나니 드디어 새벽이 밝아 오기 시작했다. 7시가 넘어 식당으로 간 우리는 조식으로 준비한 프랑스식 아침식사를 먹었다. 크루아상과 치즈 커피와 우유 한 잔을 마시고 든든히 속을 채웠다. 한국에서야 하루 두 끼, 어떨 땐 한 끼만으로 잘살아 왔지만 여행 내내 하루 세 끼 꼬박꼬박 잘 챙겨 먹었다. 체력이 따라 줘야 건강한 여행을 할 수 있을 것 같았다.

조식을 다 먹고는 조금 여유 있게 호텔을 출발해 알자스마을로 이동했다. 알퐁스 도데의 소설《마지막 수업》의 배경이 된 마을…. 전쟁의 많은 상처와 아픔 속에서도 알자스마을은 너무나 예쁘게 잘 보존되어 있었다. 아기자기한 색상의 집들과 작은 마을, 마을의 광장을 중심으로 발달한 마을은 강물이 흐르는 강의 좌우길, 양옆으로 예쁜 집들이 옹기종기 모여 나란히 어깨를 맞대고 서 있었다. 수많은 시간 동안 그곳을 살아갔을 사람들을 그려 본다. 독불 항쟁으로 많은 상처와 고통을 겪었을 사람들…. 지금은 결국 프랑스마을로 살아가고 있는 알자스마을에서 알퐁스 도데의《마지막 수업》을 생각해 본다.

독일의 정취가 남아 있는 알자스마을…. 이곳 사람들은 여기를 쁘띠 프랑스라고 부른다. 건축물의 양식도 프랑스와 독일의 검은 목조 건물이 섞여져 있다. 오래된 돌길을 걸으며 이 길을 걸었을 사람들을 생각해 본다. 금방이라도 모퉁이를 지나면 그 시대를 살았을 아이들과 마을의 아낙네들 일터로 향하는 사람들의 떠들썩한 소리가 들려올 것 같다. 아니 지금도 옛날의 집을 가진 이곳 사람들이 아침 햇살을 받으며 걷고 움직이는 모습을 보며 내가 중세의 어느 한 마을에 와 있는 착각이 든다. 이곳 작은 카페에서 이들이 끓여 주는 커피와 막 구운 빵을 먹어 보고 싶다. 강가를 따라 걷다 보니 다다른 작은 광장 그리고 오래된 돌길을 걸어 마주한 노트르담 성당. 200년 넘게 유럽에서 가장 높은 건축물로 우뚝 서 있는 대성당. 보수기간이라 내부를 볼 수 없었지만 주변의 건물들과 어울려 긴 세월 그 자리를 지키고 있는 대성당 광장에는 아기자기한 작은 상점들이 세월의 흔적을 재현해 내고 있었다.

독일의 정취가 가득한 쁘띠 프랑스. 묘하게 두 문화가 어울려 공존하고 있는 프랑스 국경마을. 아직 겨울이라 황량한 풍경일 것이라고 생각했지만 길가 곳곳에 벌써 파릇한 새싹이 제법 보이고 집들의 색채만으로도 너무나 예쁜 모습이었다. 그래도 꽃피는 봄에 다시 한번 이곳에 와 보고 싶다. 그때는 패키지여행이 아닌 조금 더 여유 있는 일정으로 마을 곳곳을 걸으며 사람들과 눈인사도 나누고 작은 카페에 들어가서 뜨거운 커피와 막 구운 빵을 먹으며 그곳에서 중세의 시간 안에서 살아가고 있는 이들과 담소도 나누며 한나절을 보내고 싶다.

스위스에서
처음으로 만난
도시, 베른

알자스마을과 콜마르를 거쳐 드디어 스위스 국경을 넘어 베른으로 향했다. 이번 여행의 첫 스위스 일정. 스위스의 수도인 베른은 아담하고 고전적인 도시였다. 장미공원에서 내려다본 베른시내…. 강이 한 굽이 휘감아 도는 모습으로 형성되어 있는 도시는 오래된 전기 기관차가 지나다니는 중세 유럽의 모습을 그대로 간직하고 있었다. 장미공원은 겨울이라 장미가 없었다. 원래 묘지였던 이곳을 모든 시민이 쉴 수 있는 장미공원으로 만들어 놓았다. 장미는 없었지만 잔디가 파릇이 올라오고 있는 공원은 베른 시가지를 한눈에 볼 수 있는 전망을 자랑하고 있었다. 석양이 너무 눈부셔 사진을 많이 찍지 못했지만 그 위치만으로 장미공원은 너무 훌륭했다. 그 장미공원을 걸어 내려와 다리를 건너 시가지 안으로 들어갔다.

다리 밑에는 베른의 상징인 곰이 살고 있었는데 모습을 보여 주진 않았다. 돔형으로 건축된 양식의 상가를 쭉 걸어서 시가지를 투어 했다.

시청사와 연방의사당 정부청사가 이곳이 스위스의 수도임을 말해 주고 있지만 도시는 아담하고 정갈하고 오래된 시골마을 같았다. 중앙의 번화가를 돌아 한 골목만 들어가도 오래된 건물들과 광장이 중세의 모습을 그대로 보여 주고 있었다.

스위스에 와서 처음으로 마주한 도시. 해가 지고 저녁이 되니 갑자기 기온이 뚝 떨어져 몸이 오슬오슬 춥다. 두 시간 이상 걸어 몸이 노곤해져 올 때 들어간 레스토랑, 그곳에서 처음으로 먹는 현지식 저녁 식사. 따뜻한 야채스프가 추웠던 몸을 녹여 준다. 당근과 양파 버섯을 잘게 썰어 끓인 스프는 프라하에 있을 때 마르틴 씨 가족이 자주 끓여 주던 스프다. 그 스프를 스위스에서 먹는다. 빵과 감자 요리도 생각보다 입에 잘 맞아 '스위스 체질인가 보다' 하며 속으로 혼자 웃었다. 함께 알프스를 보러 온 사람들 그중 시형이네랑 저녁식사를 먹었는데 여행이 마칠 때까지 우린 4인 가족으로 늘 같이 밥을 먹었다. 시형이 어머니가 화이트와인을 시켜 주셔서 시내투어로 지친 몸의 회복에 엄청 도움이 되었다.

도시를 투어하고 노곤해진 상태에서 따뜻한 야채스프와 감자요리와 함께 먹는 화이트와인 한 잔이 여행의 좋은 시작을 알려 주고 있었다. 낯선 곳에서 마음 맞는 이들과 함께 여행하며 같이 식사하는 건 또 하나의 여행의 선물이다. 자 이제 본격적인 스위스여행 시작이다. 아직 알프스를 보지 못했지만 내일 그뤼에르 치즈마을로 올라가면서 알프스가 시작된다니 기대가 크다. 빨리 눈 덮인 알프스를 보고 싶다. 다들 눈 덮인 알프스가 보고 싶어 스위스 일주를 떠난 사람들…. 내일 우리는 다 같이 어린 날의 하이디가 되어 알프스를 보러 갈 것이다.

그뤼에르 치즈마을,
몽트뢰

드디어 알프스를 보러 간다. 아직 알프스에 도달한 건 아니지만 푸르름이 가득한 구릉지대의 그뤼에르 치즈마을을 찾았다. 치즈공장이라고 해서 우리나라의 큰 공장을 생각하면 실망한다. 하지만 작지만 현대적인 시설에서 치즈가 만들어지는 전 과정을 오픈해서 다 볼 수 있도록 해 놓아서 흥미로웠다. 이곳의 소들은 푸른 알프스 초원에서 신선한 풀을 뜯어먹고 우유를 생산해서 최상의 원료로 치즈를 만들어 낸다. 체리라는 이름의 소가 자신이 생산한 우유로 치즈를 만드는 과정을 소개하는 책자를 보며 1번부터 15번까지의 지점을 돌다 보면 마지막은 이곳에서 만든 치즈와 기념품을 파는 상점으로 연결되어 있었다. 치즈를 별로 좋아하지는 않지만 치즈를 만드는 마을에 와서 직접 맛본 치즈는 고소하고 담백해서 물가 비싼 스위스에서 유일하게 쇼핑을 했다. 다른 곳에서도 치즈를 당연히 살 수 있겠지만 기왕에 치즈마을에 왔으니 좀 비싸도 이곳의 치즈를 종류별로 조금씩 샀다.

치즈와 버터를 사고 다른 기념품들을 둘러보니 스위스 물가가 얼마나 비싼지 새삼 확인할 수 있었다. 그래도 몇 개의 치즈를 사서 나오니 흐뭇한 웃음이 절로 나왔다. 사실 한국에서의 치즈 가격을 생각하면 비싼 것도 아니다. 세 가지의 치즈와 버터 가격이 3만 원 조금 넘게 나왔으니 물가 비싼 스위스에서 오히려 횡재한 기분이다. 치즈공장을 견학 후 우리는 다시 버스를 타고 그뤼에르성이 있는 마을로 갔다.

CAMERA360

• 035 •

그뤼에르 치즈마을, 몽트뢰

이미 그 자태를 보이기 시작한 알프스는 그뤼에르성에서 탄성을 자아내게 하는 자태를 보여 주었다. 겨울인데도 구릉엔 이미 푸르름이 가득했고 멀리 보이는 알프스의 봉우리들은 하얀 눈에 덮여 있었다. 푸르름과 하얀 설경이 맞 물려 환상적인 풍경을 제시했다. 다들 탄성과 셔터 누르는 소리로 분주했다. 그뤼에르성은 또 얼마나 아기자기하고 예쁜지…. 보이는 모든 풍경이 화보집 같았다. 언니는 연신 너무 좋다며 행복해했다. 웃고 탄성을 내지르고 사진을 찍다 보니 한나절이 금방 가버렸다. 사실 혼자 왔으면 성 안에서 더 많은 시간을 보내며 알프스를 감상하고 싶었지만 패키지여행의 일정상 점심을 먹으러 가야 할 시간이 되었다.

점심은 그뤼에르마을에 있는 작은 레스토랑에서 퐁듀와 스파게티를 먹었다. 빵을 퐁듀에 찍어 먹는데 너무 고소하고 맛있어서 뒤에 주 요리로 나온 고기와 스파게티는 거의 먹지 못했다. 치즈를 끓여 각종 야채와 빵을 찍어 먹는 게 신기하게 내 입맛에 너무 잘 맞아 스위스여행 중 다시 한번 퐁듀 요리를 먹고 싶었으나 더 이상 먹어 보지는 못했다. 음식 가격을 보니 만만한 가격이 아니어서 치즈공장에서 산 치즈로 한국에 가서 퐁듀 요리를 해 먹어 봐야겠다는 생각을 했다. 그 맛이 날지는 모르겠지만…. 이날 점심엔 언니가 시형이네와 나에게 포도주를 샀다. 난 화이트와인 시형이 엄마와 언니는 그냥 와인을 마셨다. 퐁듀 요리와 화이트와인도 썩 잘 어울렸다.

알프스의 자태를 살짝 보여 주는 그뤼에르 치즈마을에서 즐거운 점심을 먹고 우린 몽퇴르로 이동했다. 레만 호숫가의 꿈같은 마을…. 눈 덮인 알프스와 호수가 동시에 펼쳐져 있는 몽퇴르는 우릴 황홀하게 했다. 스위스의 민낯을 그대로 보여 주는 몽퇴르…. 호숫가에 우뚝 서 있는 시용성. 13세기에 지어진 시용성은 외세의 침입을 막기 위해 자연 암벽을 그대로 이용해 세워진 곳으로 성주가 살았던 방과 백작의 방들이 있으며 이곳의 창에서 바라보는 레만 호수는 자욱한 물안개가 올라오는 잔잔한 모습을 보여 주며 나그네의 발걸음을 멈추게 했다. 방과 방을 연결하는 비밀 통로들은 외세의 침입을 대비하기도 했을 뿐 아니라 연인들의 사랑을 나누는 비밀통로로 사용하였다는데 미로에 빠진 듯 약간은 으스스한 느낌이 들기도 했다. 묘하게 가라앉은 분위기의 느낌은 중세기사가 툭 튀어 나올 것 같은 회색빛 벽들과, 죄수를 가두었다는 지하 감옥과 함께 시용성의 전체적인 분위기를 어둡고 칙칙한 느낌이 들게도 하였다. 그럼에도 불구하고 시용성은 너무나 매혹적이었다. 특히 호숫가에서 바라보는 전체적인 성의 모습은 시용성이 아니라 시온 성을 연상케 했다.

호수에서 바라본 시용성과 눈 덮인 알프스의 봉우리들…. 호숫가를 산책하며 오래오래 그곳에 머물고 싶었지만 커피 한잔을 마시지 못하고 다음 일정을 위해 테쉬로 떠나야 했다. 언젠가 오스트리아에서 취리히로 기차를 타고 여행하는 중 지금처럼 웅장한 알프스와 호숫가를 한 시간 가까이 보여 주는 구간이 있었다. 그때 그 광경이 너무나도 웅장

하고 멋있어서 한 시간 동안 넋을 잃고 창밖을 바라보았던 기억이 난다. 산과 호수로 둘러싸인 나라…. 꼭 다시 와 보리라 다짐했던 스위스에 지금 다시 와 있다. 이곳도 다음에 기회가 되면 꼭 다시 와서 하룻밤 머물면서 눈 덮인 알프스를 보며 호숫가를 산책하고 예쁜 카페에 들어가서 커피를 한잔 마셔야지…. 마음속으로 조용히 혼자 말을 하는 사이 투어버스는 알프스의 중턱을 향해 이미 달려가고 있었다.

CAMERA360

CAMERA360

테쉬로 가는 길

몽트뢰를 떠나 테쉬로 가는 버스는 스위스의 다양한 모습을 보여 주며 스위스의 산길을 달렸다. 처음 평지를 달려갈 때만 해도 스위스의 목가적인 풍경과 예쁜 마을들을 보며 편안한 마음으로 경치를 감상하고 있었는데 차는 점점 산악마을로 올라가며 아찔한 경치를 보여 주었다. 좁은 산길을 그 긴 버스가 요리조리 잘도 올라갔지만 눈을 돌려 아래를 보면 아찔한 낭떠러지 길이었다. 외줄과도 같은 외다리 아래로 아득한 절벽이 펼쳐지고 도저히 이 큰 차가 지나갈 수 없을 것 같은 길을 맞은편 차가 올 때는 서로 비켜섰다가 가기를 반복하며 투어버스는 산간마을 테쉬로 헉헉 거리며 올라갔다. 차에 탔던 대부분의 사람들이 잠들어 있어서 다행이지 만약 우리가 가는 산길을 다 같이 보았다면 비명과 함성소리가 동시에 울려 나왔을지도 모르겠다.

몽트뢰에서 테쉬까지 한숨도 자지 않고 그 광경을 다 보고 온 나는 아마 이런 길인 줄 알았다면 여행을 좀 고려해 보았을 것 같다. 폴란드

기사님이 워낙 운전을 잘해 다른 분들은 잘도 자는데 깨어 있던 나는 반대로 내려가는 길은 어찌 갈지 미리 걱정하며 조마조마한 마음으로 눈을 질끈 감았다 뜨기를 한 시간 가량 반복할 때쯤 드디어 버스는 테쉬에 도착했다. 알프스의 중턱에 올라온 것이다. 겨울이어도 날씨가 너무 좋아 다행히 길이 얼지 않았고 해가 지자마자 도착해서 여간 다행이 아니었다. 와서 보니 이곳에 기차역이 있어 내려갈 때는 기차를 타고 이동하고 싶은 마음이 굴뚝같았다. 하여간 겁이 많은 나와는 달리 다른 분들은 알프스의 산허리 마을에서 아무렇지도 않게 주위를 둘러보고 계셨다. 호텔에 도착해 방을 배정받고 객실로 올라가는데 좁은 엘리베이터는 두 사람이 캐리어 하나씩 들고 겨우 탈 수 있었다.

낡고 작은 산장 같은 객실에 들어서니 정말 산악마을에 딱 어울리는 소박한(?) 객실이었다. 아마 산악마을 현지인이 사는 모습에 거의 가깝지 않을까 생각되었다. 이곳에서 이틀을 잔다고 하니 한편으론 한숨이 절로 나왔고 또 한편에선 내일 다시 아까 왔던 길을 당장 내려가지 않아도 된다고 생각하니 좀 안심이 되었다. 방에 짐을 가져다 놓고 식당에서 다시 만난 우리는 알프스 험한 산간마을에서 공수할 수 있는 소박하고 간단한 음식들로 저녁식사를 했다. 커피 한 잔도 이곳에선 귀한 재료이리라…. 주인 할아버지가 딱 서서 소시지 반 개씩을 배당해 주셨는데 그게 유일한 동물성 음식이었고 약간의 야채와 빵 그리고 밥과 감자요리가 있었다. 그래도 한국인이 온다고 푸슬푸슬한 밥이지만 스파게티 소스와 함께 먹도록 배려해 놓았다. 이날 사람들 대부분이 한국에서 가지고 온 컵라면을 가져와 함께 먹었다. 식당에서 아예 컵라면을 먹도록 뜨거운 물을 끓여 주었다. 언니도 내가 한국에서 가져간 멸치국수를 아주 맛나게 먹었다.

식사 도중 주인 할아버지가 스위스 목동 복장과 모자를 쓰고 전통악기를 들고 오셔서 연주하며 노래를 부르시며 우리를 환영해 주셨다. 함께 여행하던 프린세스 가족의 사장님께서 10프랑을 할아버지에게 주셨다. 우리도 얼마를 드려야 했는데 사실 프랑을 딱 20프랑만 가지고 가서 물만 사 먹으려고 했던 터라 드릴 프랑이 없어 조금 죄송했다. 아무튼 조금 별나기도 하시고 잔소리도 많으신 할아버지였지만 우리가 떠나올 때 버스 앞에까지 와서 인사하고 가시는 모습을 보여 주셔서 참 인상이 깊었다. 가족이 운영하는 작은 호텔이었는데 저 연세가 되도록 저토록 유쾌하고 열심히 사는 것이 이 척박한 환경에서도 건강하게 살아갈 수 있는 비결 같았다.

테쉬로 오던 험악한 산악 길을 생각하면 이런 환경에서 살아간다는 것이 보통 일은 아닐 것 같다. 산중턱이라 밤이 되니 정말 오싹오싹 추웠다. 식당 안에 오래된 피아노가 있어 한 번 쳐 보고 싶었지만 그냥 지나쳐 객실로 돌아왔다. 객실 창을 여니 바로 오픈 테라스가 있어 잠시 나갔다가 너무 추워 방 안으로 얼른 들어왔다. 언니는 인터넷이 되지 않는다고 투덜거리더니 일찍 잠이 들었다. 인터넷도 되지 않고 외부와의 연락도 끊긴 알프스 산간마을에서 누워 있으니 갑자기 모든 것이 정지된 느낌이다. 객실에 포터주전자도 없어 차도 한 잔 못 마시고 잠도 오지 않는 방에서 말똥말똥 잠은 더 달아나고 있었다. 혼자 조용히 알프스를 보며 여유 있는 시간을 보내리라 생각했는데 알프스 산간마을의 어둠 속에 고립되어 누워 있으니 갑자기 한국이 너무 그리워졌다. 내일 드디어 마태호른을 보러 올라가는데 잠은 오지 않고 온갖 생각들만 머릿속을 왔다 갔다 하는 사이 알프스의 새벽이 찾아오고 있었다.

체르마트

골목마다 소복이

눈이 쌓여 있다

아직 이른 아침

아무도 지나지 않은

골목길을

가만히 걸어 본다

멀리 알프스 위로

찬란한 해가 떠오르고

조용히 소리 없이

쌓여 있던 눈들이

개울가로 흐르고 있다

바람 부는 골목울

돌아서 가는 사람의 등이

아프고 시리다

깜깜한 밤하늘에

눈물 한 방울 별이 되어

가만히 골목길 비추고 있다

Findelbach

CAMERA360

하이디
알프스에 가다

어둠 속에서 말똥말똥 생각 속을 헤매고 다니는 사이 드디어 동이 터왔다. 아직 어둠이 채 가시지 않은 새벽, 아침을 간단히 먹고 우린 드디어 체르마트로 가는 기차를 탔다. 날씨는 차가웠고 난 모자가 없어 급하게 모자를 하나 살까 하고 역사에 있는 상점에서 모자 가격들을 보았는데 가격이 만만치 않았다. 게다가 꼭 마음에 드는 것도 없어서 그냥 가기로 했다. 언니는 아침에 호텔에서 준 커피가 맛이 없다며 3프랑을 주고 커피를 한 잔 사 왔다. 체르마트로 가는 기차는 스키 시즌이라 사람들이 제법 많이 탔다. 작은 아이에서부터 노인에 이르기까지 스키복을 입고 스키를 타러 가는 사람들을 보며 부럽기도 하고 신기하기도 했다. 이 험악한 산악지대에 살려면 스키 타기는 필수라 한다. 스키 마니아나 여유 있는 사람들이 스키를 탈 뿐 아니라 살아가기 위해 필수로 타야 한다는 얘기를 들으니 내가 과연 하이디가 살았던 알프스에 온 것이 실감이 되었다.

테쉬에서 체르마트까지는 10여 분쯤 가니 금방 도착했다. 체르마트 역에서 광장으로 나가니 전기차로 불리는 작은 택시들이 줄지어 서 있었다. 이곳은 청정지역을 보존하기 위해 자동차가 없다고 했다. 알프스 산맥의 구릉지대에 푹 둘러싸인 체르마트는 아직도 잠에서 덜 깬 모습으로 우리를 맞아 주었다. 마태호른을 보러 가기 전 체르마트에서 오전을 보내고 점심을 먹은 후 등반열차를 타기로 되어 있어서 체르마트 시가지 구석구석을 돌아다녔다.

작고 아담한 체르마트는 옛날과 현대가 어우러져 잘 보존되어 있었다. 시가지의 끝 쪽에 있는 성당에서 바라보는 마태호른의 모습은 벌써부터 우리의 마음을 설레게 했다. 작은 시가지를 돌며 그곳의 모습들을 사진 속에 담았다. 자유시간이 좀 주어져서 우린 쿱에도 들어갔다. 이곳의 치즈 가격은 정말 쌌다. 그뤼에르에서 산 똑같은 치즈가 2프랑밖에 하지 않아 더 사고 싶었지만 그것도 짐이 될 것 같아 알프스에 올라가서 먹을 초콜릿만 샀다. 쿱에서 아이 쇼핑을 하는 사이 금세 점심시간이 되었다. 점심으로 나온 닭다리 구이와 야채는 제법 맛있었다. 여기서도 정식 퐁듀는 아니었지만 불에 녹인 치즈가 야채를 찍어 먹을 수 있게 나와서 아주 든든히 배를 채우고 우린 드디어 고르너그라트로 올라가는 등반 열차를 탔다.

드디어 알프스 산속으로 가는 것이다. 체르마트를 떠난 열차는 천천히 알프스를 향해 달렸다. 열차가 산속으로 올라 갈수록 펼쳐지는 대자연의 모습, 하얀 설경에 쌓여 있는 알프스는 그 자태를 드러내며 연

신 우리의 함성과 감탄사를 연발하게 했다. 마침내 어느 지점에서부터 보이기 시작한 마태호른…. 더 이상 말이 필요 없을 만큼 그 자태를 드러내 보인 마태호른은 한 시간 가까이 등반열차의 각도에 따라 나타났다 사라졌다를 반복하곤 했다. 그 와중에도 등반열차는 두세 번 산골 마을에 정차했다. 어떻게 저런 곳에 사람이 살 수 있을까 싶은 깊은 산골짜기에도 집들이 옹기종기 모여 있는걸 보며 왜 이곳 사람들이 아이나 여자나 노인이나 할 것 없이 스키복을 입고 열차를 탔는지 이해도 됐다. 작은 마을 역사에 내린 사람들은 스키를 즐기러 온 사람들이 아니라 그 마을 주민들이었다. 하얀 눈에 뒤덮여 있는 산골짜기의 마을들…. 역에서 내려 마을로 내려가는 큰 길도 없이 아슬아슬 산허리 오솔길을 타고 걸어 내려가는 사람들을 보며 이 등반열차가 우리에겐 관광 열차지만 저 분들에게는 유일한 교통수단이구나 생각하니 이 험악한 산악지대에 사는 사람들의 고된 삶이 고스란히 전해져 왔다.

테쉬에서 호텔 주인장 할아버지가 커피를 자유롭게 마시게 두지 않고 딱 한 잔씩만 부어 주시던 것이 야박한 인심이 아니라 그만큼 물자를 공수하기가 힘든 환경에서 검소와 절약이 몸에 밴 생활방식이었음이 공감되어 왔다. 작은 마을에서 스키 손님들과 마을 주민을 내려 주기를 두어 번 한 등반열차는 막바지 고지를 향하여 우리를 데리고 올라갔다. 끝도 없이 펼쳐진 알프스의 대자연은 참으로 사람의 마음을 겸허하게도 감동을 하게도 하며 우리를 황홀하게 했다. 열차에서 내려다본 알프스의 설경과 산골짜기 사이에 옹기종기 모여 있는 작은 마을들

그 사이로 간간이 보여 주는 마태호른은 우리 모두를 하이디가 되게 했다. 산등성이 어디쯤 하이디와 피터가 달려올 것 같은 알프스의 정경들을 보여 주며 열차는 드디어 고르너그라트 정상으로 우리를 데려다 주었다.

우리를 안내한 가이드는 이번 패키지 여행객 분들이 다들 삼대는 덕을 쌓고 오신 것 같다며 자기도 이곳을 네 번이나 여행객을 모시고 왔지만 이렇게 선명한 마태호른의 모습은 처음 본다며 우리 앞에 오신 팀들은 날씨가 안 좋아 아예 산에 올라올 수도 없었고 체르마트역에서 마태호른 사진을 배경으로 인증 샷만 찍고 갔다고 했다. 겨울에 스위스가 이렇게 맑고 따뜻한 날씨가 많지 않으며 원래 2월이 우기라 눈비도 많이 오고 춥고 황량하다고 했다. 그런데 우린 공항에 도착한 날 저녁에 잠깐 비가 내린 것 빼고는 그 다음 날부터 계속 맑고 화창한 날씨의 연속이었다. 덕분에 여행 내내 너무나 선명한 스위스를 계속 보고 다닐 수 있었다. 가이드는 여행 내내 이번 팀은 삼대가 아닌 사대가 덕을 쌓은 것 같다며 덕담을 했다. 우린 그때까지만 해도 스위스의 겨울 날씨는 원래 이렇게 평온한 것인 줄 알았다.

등반 열차에서 내려 드디어 알프스의 한 봉우리에 올라온 우리는 입을 다물 수 없었다, 하얀 설경 위로 펼쳐진 알프스의 봉우리들과 그 가운데 우뚝 자태를 드러내 놓고 있는 마태호른…. 공기는 또 얼마나 청정한지…. 이 척박한 환경에서도 사람들이 도시로 가지 않고 수대를 산골 마을에 살아가는 이유를 조금은 알 것 같았다. 사방이 알프스의 봉우리들과 하얀 눈밭인 산 위에 서니 새삼 우리의 존재가 작고 미약하게 느껴졌다. 이 대자연을 말씀으로 창조하신 하나님. 늘 아등바등하며 살아가던 우리의 모습도 이곳에서 잠시 내려놓고 대자연의 품에서 안식하며 고요히 나를 들여다보게 했다.

전망대 카페에서 바라 본 마태호른의 모습은 또 달랐다. 그곳에서 커피 한 잔을 마시며 부리는 여유…. 이걸 사치라 해도 어쩔 수 없을 것 같다. 가끔씩은 우리가 살던 지구에서 떠나와서 새로운 나를 보는 것도 참으로 좋은 것 같다. 낯선 환경과 낯선 사람들 사이에서 커피를 마시며 앉아 있는 나를 웃음 지으며 바라다보았다. 이제 돌아가면 무엇을 하고 살아야 하는지 또 남은 인생을 어떻게 가치 있게 살아야 할지 이런 것들을 생각한 게 아니라 다만 대자연의 품에 나를 맡기고 그 시간을 오롯이 즐겼다. 아마 함께 하이디가 되어 올라간 사람들도 그렇지 않았을까 싶다. 각자의 자리에서 다 크고 작은 인생의 상처와 고통의 무늬들이 하나씩 그려져 있을 사람들….

유럽 일주가 아닌 오로지 스위스 일주를 택해서 온 사람들에게 하나의 공통점이 있다. 모두들 알프스를 보기 위해 왔다는 것. 유럽의 아기자기한 도시와 예쁜 풍경도 좋지만 하얀 눈으로 뒤덮여 있는 알프스의 봉우리들을 보기 위해 떠나온 사람들…. 그래서인지 이번 여행객들은 다들 너무나 좋으신 분들이었다. 목소리 한 번 크게 내시는 분도 없고 버스 좌석도 첫날 앉아 왔던 그 자리에 끝까지 앉아 갈 정도로 조용하신 분들이었다. 호텔의 불편한 점들을 생각하면 한 번쯤 언짢은 소리를 하는 분들도 계실 텐데 여행이 다 끝나기까지 한 번도 큰 소리 내는 분 없이 우린 즐겁게 함께 여행을 다녔다. 아마 가는 곳마다 보이는 대자연의 모습에 저절로 마음이 겸허해졌을까. 물론 항상 일행들을 챙기고 따뜻이 배려하는 프린세스 가족들과 순천에서 온 오누이 대학생들, 울산에서 온 엄마와 딸, 일산에서 온 시흥이네 다양한 분들이 서로 배려하고 다닌 덕분이기도 하리라.

그 알프스는 우리 모두를 어린 날의 하이디로 만들었다. 눈을 뭉쳐 던지기도 하고 눈밭에 뒹굴어도 보고 뛰놀고 시끄럽게 해도 그 알프스는 묵묵히 우리에게 그 자리를 내어 주었다. 마태호른! 석양에 더 눈부신 자태를 보여 주며 알프스는 시간을 정지한 채로 우리를 끝없이 품어 주었다.

CAMERA360

CAMERA360

마태호른

눈 덮인 알프스

봉우리마다 시간이

멈추어 있다

수백 년을 그래 왔을

눈 내린 길목마다

눈이 켜켜이 쌓여

능선이 되고

봉우리가 되었다.

저기 눈 덮인 봉우리마다

수많은 세월이 멈추어 있다

알프스의 노래

초등학교 5학년 때《알프스의 소녀 하이디》를 읽었다. 원래 책을 워낙 좋아해 닥치는 대로 책을 읽었지만 내가 어릴 때 우리 집은 보고 싶은 책을 마음대로 살 수 있는 여유는 없었다. 삼대가 함께 살았던 그때는 대가족 속에서 하루 한 끼 밥을 챙겨 먹는 것도 전쟁이었던 것 같다. 할아버지와 할머니, 고모들, 큰아버지네 가족들이 위채에 살고 아래채에 딸부자인 우리 가족과 사랑방엔 외할머니와 막내 외삼촌까지 같이 살았으니 어찌 보면 사 대가 한집에 같이 산 것이다.

오후가 되면 우리 집 마루에선 할머니와 엄마 큰엄마와 고모들이 둘러 앉아 칼국수를 만들기 위해 밀가루를 치대고 방망이로 미는 소리가 요란하곤 했다. 콩가루를 넣어 만든 칼국수는 가마솥에 끓여 우리 식구뿐 아니라 지나가는 동네 사람들까지 마당에 펴놓은 멍석에 앉아 다 함께 앉아 먹었다. 그 대식구를 먹여 살려야 하는 우리 집은 내가 보고 싶은 동화책을 때 맞춰 사 줄 수 형편이 아니어서 나는 동네의 언니 집들을 다니며 책을 빌려다 읽었다. 특히 포도밭 집의 백경 언니네는 서울에서 이사 와서 집도 포도원 앞에 예쁘게 신식으로 짓고 부엌에서 수돗물도 나오는 최신식 집이었다. 언니네 집에 한 번 놀러 가서 언니의 방에 있는 세계위인전집을 비롯해 벽면 한 면을 가득 채우고 있는 책들을 보며 내게 꿈같은 그 방을 얼마나 부러워했는지…. 그 언니의 책장에서 빌려다 본 수많은 책들은 늘 내게 상상의 나래를 펼치게 했다. 책을 빌려 읽을 때마다 혹시 책에 뭐가 묻을까 봐 조심조심하며 본 동화책들…. 백경 언니의 엄마는 그 많은 책들을 내가 다 본다고 백경 언니에게 핀잔 반 푸념 반을 하시곤 했다.

우리 집도 대식구에 농사가 많아 학교에 갔다 오면 어린 동생을 봐야 하고 밭에 가서 어른들을 도와 심부름도 해야 해서 보고 싶은 책을 마음껏 볼 수 있는 처지만은 못 되었다. 틈틈이 언니네에서 책을 보다 다 읽지 못하고 집으로 와야 할 때면 그 다음 내용이 궁금해서 언니 집에 놀러 갈 핑계만 찾기도 했다. 내가 너무 책을 좋아하니 어느 날 언니가 내게 한 권의 책을 선물했는데 그 책이 바로《알프스의 소녀 하이디》이다. 아버지가 보시던 법률 책과 고모들이 보던 몇 권의 소설 책 그리고 언니가 사 보던 어깨동무라는 월간지를 제외하고 처음으로 내 책이 생긴 것이다.

그《알프스의 소녀 하이디》를 수십 번을 읽었다. 나중에 하도 읽어 책이 닳아 너덜너덜해지도록 하이디는 내 어린 날의 친구였다. 그 하이디를 얼마나 만나 보고 싶었는지…. 알프스의 산봉우리와 알므 할아버지가 살던 오두막…. 알프스의 별들이 총총히 보이는 작고 둥근 창이 있는 다락방. 건초더미 위에 담요를 깔고 별을 보며 잠든 하이디를 내려다보고 있는 큰 전나무들…. 그 사이로 들려오는 바람소리…. 난 날마다 하이디와 함께 알프스의 구석구석을 누비고 다녔다. 책을 하도 많이 읽어 동생을 업고 재울 때도 내 입에선 하이디의 얘기가 줄줄 흘러나왔다. 어릴 때 동생들은 내가 얘기해 주는 하이디를 몇 번이고 반복해서 들으며 잠들곤 했다. 그렇게 내 어린 날을 함께했던 하이디와 알프스는 어른이 되어서도 늘 동경의 대상이었다. 내가 얼마나 하이디와 알프스를 좋아했으면 러시아로 유학을 갈 때 같이 갔던 한 교수님은 날 보고 알프스의 소녀 하이디 같다고 했다. 내게서 알프스의 소녀 하이디가 보인다며 어이없는 농담을 했지만 좋아하면 닮아 간다고 하지 않았는가? 난 어른이 되어서도 여전히 하이디를 사랑하고 있었다.

그 알프스를 쉰 살이 넘어 왔다. 이제 소녀도 아니고 대학생도 아니고 중년의 아줌마가 되어 알프스에 왔어도 이 알프스 앞에서 오늘 나는 여전히 어린 날의 하이디다. 하이디가 살았을 만한 산허리의 소박한 집들…. 불에 구운 치즈를 녹여 빵 위에 얹어 막 짜낸 우유와 함께 먹는 소박한 저녁식사를 생각하며 난 어린 날의 하이디가 되어 알프스의 노래를 하고 있다.

눈 덮인 알프스… 평생에 여기에 몇 번이나 다시 올 수 있을까? 체르마트에서 일주일만 머물면서 날마다 알프스에 오르고 싶다. 등반열차를 타고 매일 알프스에 올라 중간에 작은 마을들에 내려 그곳 주민들과 얘기도 나누고 싶고 염치없이 그들의 집에 들어가 딱딱한 빵 위에 불에 녹인 치즈 한 덩이를 올린 소박한 식사를 대접받고도 싶다. 겨울의 알프스… 너무나 매혹적이다. 그런데 이 알프스를 봄에 또 오고 싶다. 그때 이 알프스는 어떤 모습일까? 에델바이스가 곳곳에 수줍게 피어 있는, 작은 야생화들 속에 고개 내밀고 있는 에델바이스를 찾으며 이 산을 올라와 보고 싶다. 양치기소년 피터가 불러 주는 요들송을 들을 수 있을진 모르겠지만 푸르름이 가득한 구릉과 알프스의 봉우리들을 보며 이 대자연 속에서 그분의 섭리를 만나고 싶다. 하이디처럼 예쁜 마음씨를 가지고 알므 할아버지에게도 사랑을 전하고 싶다. 알프스에서 만난 사람들… 척박한 자연 안에서 자연과 함께 자연의 일부가 되어 살아가고 있는 사람들…. 알프스를 닮은 하이디와 알므 할아버지를 오늘 여기서 만나고 있다.

CAMERA360

CAMERA360

A360
CAMERA360

CAMERA360

루체른, 리기산

마태호른을 만난 우리는 다시 체르마트에서 테쉬로 돌아와 산악마을에서 하룻밤을 더 보냈다. 저녁은 체르마트에서 먹고 왔는지라 호텔에 온 우리는 곧바로 방으로 돌아와 곤한 단잠에 빠져 들었다. 다음 날 새벽에 떠나야 하는 우리는 짐을 꾸릴 새도 없이 침대에 누워 잠들었다가 새벽 4시가 되어 일어나 짐을 챙기고 이른 조식을 먹고 새벽에 테쉬를 떠났다. 올 때의 아찔했던 창밖 풍경들을 생각하며 반대로 내려가는 좌석에 앉은 나는 한 시간 정도는 아예 먼 산만 보며 가까운 풍경은 보지 않았다. 내려오는 길은 아직도 동이 트지 않은 새벽이라 더 아슬아슬했다. 아마 이틀을 테쉬에서 자지 않았더라면 난 내려오는 버스에 타고 올 용기가 없었을지도 모르겠다.

그러나 이틀을 테쉬에서 자며 알프스의 봉우리 중 하나에 올라가서 마태호른을 본지라 조금은 마음이 안정되어 있어서 담담히 버스에 올랐다. 같이 여행하던 분들은 또 이른 새벽이라 잔다고 그 아슬아슬한

길을 보지 못하고 그냥 지나왔다. 나만 혼자 깨어 우리의 안전한 여행을 위해 기도하며 운전하는 폴란드 기사님을 응원했다. 한 시간쯤 아슬아슬한 산악 길을 다 내려온 버스는 드디어 다시 스위스의 평화로운 풍경을 보여 주며 평지를 달리기 시작했다. 그제야 난 잠깐 눈을 붙였다. 보이는 창밖 풍경들이 너무 예뻐 잠자던 다른 분들은 깨어서 감상하기 시작하는데 난 잠깐 단잠에 빠져 아름다운 스위스의 목가적인 풍경들을 많이 놓쳤다.

세 시간 가까이 달려 도착한 루체른은 또 다른 새로운 알프스를 보여 주었다. 2년 전에 취리히에 잠깐 왔을 때 그토록 보고 싶은 알프스가 보이지 않아 아쉬운 마음이 컸는데 루체른은 도시 전체가 알프스에 둘려 쌓여 있었다. 루체른 호수로 흐르는 로이스강 위에 놓인 목조다리 카펠교도 걸어 보고 카펠교 앞 로이스강가를 따라 쭉 열린 장터에서 막 짜낸 사과 주스도 사서 마셨다. 루체른 호숫가에서 바라보는 알프스는 하나의 화보집 같았다. 완만한 알프스의 봉우리들이 호수를 빙 둘러싸고 있어서 어디에서 눈을 돌려 봐도 눈 덮인 알프스가 보였다. '아 정말 이 도시 사람들은 얼마나 행복할까, 도시의 풍요를 다 누리면서도 날마다 호숫가에 둘려 있는 알프스를 볼 수 있다니…' 체르마트에서 며칠을 보낼 뿐 아니라 이곳에 와서 살고 싶은 생각이 들었다.

카펠교와 시가지에서 시간을 보내고 리기산에 올라가기 전 우린 스위스에 온 후 처음으로 한식을 먹었다. 비싼 스위스 물가를 생각하면 한식을 먹는 게 쉬운 일이 아닌데 그날 우린 김치된장찌개와 제육볶음을 먹었다. 김치된장찌개라고 한 건 김치찌개도 아니고 된장찌개도 아닌 두부와 김치와 된장을 풀어 끓인 국이었는데 일주일 가까이 스위스 음식만 먹어 한국 음식이 그리운 차에 먹게 되어 국적불명의 김치된장찌개도 엄청 맛있었다. 제육볶음도 매콤하니 먹을 만해서 한국에서는 절대 먹지 않는 제육볶음을 그곳에서는 맛나게 먹었다. 사실 고기를 별로 좋아하지 않고 삼겹살을 바짝 구운 것만 조금 먹기는 하지만 양념한 제육볶음은 잘 먹지 못하는데 스위스에서는 잘 먹었다. 음식 가격표를 보니 만만치가 않았다. 스위스에서 왜 한식을 한 번밖에 주지 않았는지 이해도 되었다. 다들 밥 한 그릇을 싹싹 비우고 우린 루체른 시내에서 좀 더 자유 시간을 가진 뒤 루체른 호수로 유람선을 타러 갔다.

유람선을 타고 중간에 내려서 리기산으로 올라가는 등반열차를 탈 예정이었다. 일행들은 모처럼 루체른에서 쇼핑도 하고 시내를 투어 하면서 즐거운 시간을 가졌다. 이번 스위스여행을 하면서는 거리에 중국인이 거의 없었다. 유럽여행을 하다 보면 중국인 단체 관광객이 관광지마다 휩쓸고 다니는데 이번 여행에는 중국 사람이 거의 보이지 않았다. 한국에서 스위스를 올 때 코로나 때문에 공항이 한산했는데 유럽에 와서도 중국인이 없으니 조용하고 한산했다. 중국이 인구가 많긴 많은가 보다. 폴란드 기사님은 중국인 단체 관광객이 오지 않아 당분간 일을 쉬어야 한다고 하셔서 마음이 아팠다. 바이러스로 사람들의 생계가 어려워질 수 있음을 이곳에 와서 느꼈다. 중국의 그 많은 인구가 세계 경제에도 이렇게 영향을 미치는 줄을 실감하는 순간이었다. 폴란드기사

루체른, 리기산

님의 딱한 사정을 전해 들으며 우린 루체른 호수로 향했다.

루체른 호수에서 유람선을 타고 호수를 건너가는데 바람이 많이 불고 날씨가 너무 차가워 밖에는 거의 나가 보지 못했다. 바깥으로 보이는 풍경은 그림 같았다. 한 폭의 그림처럼 알프스의 봉우리들이 펼쳐져 있고 배는 물결을 따라 우리를 신비한 풍경 속으로 이끌어 주었다. 2등석 칸이라 위층에 올라가지 못하고 배 안에서 커피 한 잔을 마시고 싶었는데 마시지 못했다. 내릴 때쯤 되어 올라가 보니 커피나 음료를 시키면 다 올라갈 수 있는데 우리가 잘 모르고 배 밑에만 앉아 있었다. 어이없는 웃음을 뒤로하고 다음을 기약하며 우린 리기산으로 오르는 등반열차를 탔다.

고르너그라트로 올라가는 등반열차는 둥글게 완만하게 올라갔는데 의외로 리기산으로 올라가는 열차는 직선으로 계속 올라갔다. 프라하에서 빼뜨르진 전망대를 올라갈 때처럼 쭉 계속 올라갔다. 그래서 등반열차가 못 올라갈까 봐 혼자 힘을 다 주고 무게를 보탰더니 온몸이 힘이 들었다. 다른 사람들은 경치만 보고 있는데 참 쓸데없는 짓을 하고 있었다. 올라갈수록 펼쳐지는 알프스의 능선들과 목가적인 풍경들은 마태호른과는 또 다른 느낌을 주었다, 완만한 알프스의 봉우리들이 넓게 펼쳐져 끊임없이 우리에게 그 품을 내어 주었다. 중간중간에 정말 하이디가 살았을 법한 통나무 오두막집들이 곳곳에 있어 막 하이디가 뛰어나와 손을 흔들 것 같은 착각에 빠지기도 했다. 아 알프스! 며칠만 이곳에 머물고 싶다. 날마다 이 산에 올라오고 싶다.

루체른 호수를 둘러 싼 알프스를 계속 보여 주며 등반열차는 드디어 종점에 다다랐다. 리기산! 왜 산의 여왕이라고 부르는지 알 것 같았다. 마태호른처럼 웅장한 절경을 자랑하지 않지만 완만하게 펼쳐져 고른 능선과 봉우리들이 병풍처럼 빙 둘러싸고 있는 리기산 이 대자연 앞에서 무슨 말이 더 필요할까? 사진 찍기도 잠시 멈추고 난 앉아서 끝없이 펼쳐진 알프스의 봉우리들을 바라보았다. 이 거대한 산 앞에서 아무 생각 없이 다만 숨 쉬고 바라보며 이 자연과 하나 되길 원한다. 나를 지으신 하나님 이 우주를 만드신 그분을 생각한다.

스위스여행이 다가올 무렵 중국 발 신종코로나 소식이 뉴스에 흘러나오기 시작했다. 이때까지만 해도 우리나라에 확진자가 없어 중국 후베이성 여행을 가면 안 된다고 하는 정도였다. 그러나 여행 시작이 가까워질 무렵 우리나라도 첫 확진자가 생겨 조금씩 긴장이 감돌아 평소 잘 먹지도 않는 건강식품까지 먹어 가며 아프지 않으려고 애를 썼다. 스위스가 어지간히 오고 싶긴 했나 보다. 다른 때 유럽을 올 때면 잠깐 이웃집 오듯이 오가고 했는데 이번 스위스여행은 비행기를 타기까지 또 프랑크푸르크공항 입국이 통과될 때까지 내내 긴장을 늦출 수 없었다. 그래서인지 첫날 도착한 날은 약간의 몸살기가 있어서 언니가 가져온 홍삼까지 얻어먹으며 몸을 달랬다. 다행히 자고 일어나니 다시 팔팔해져서 다음 날부터 씩씩하게 여행지를 돌아다녔다. 그토록 보고 싶었던 알프스를 원 없이 보고 지금 알프스의 품 안에 앉아 있으니 감개가 무량하다.

겨울이 아니라면 이 산은 또 어떤 풍경일까? 높지 않고 아기자기한 이 산은 꽃피는 봄에 와도 좋을 것 같다. 푸르름이 가득한 알프스를 또 보고 싶다. 멀리 보이는 스위스의 작은 마을들엔 이미 봄이 오고 있었다. 병풍처럼 둘러싸인 골짜기마다 어김없이 호수와 마을이 있다. 이런 곳에 사는 사람들은 어떤 마음일까? 이곳에 와서 본 스위스의 아이들은 너무 예쁘고 인형 같았다. 그러나 나이가 들수록 예쁘기보다 자연을 닮은 모습들이었다. 그렇게 꾸미지 않고 주름도 민낯도 그대로 보이며 길가 카페에 앉아 포도주나 차를 마시는 사람들…. 리기산에서 알프스의 봉우리들을 보며 시간을 보낸 우리는 등반열차를 다시 타기 전 전망대 카페에 자연스레 다 같이 모였다. 체르마트에서 산 초콜릿을 여기에서 먹었다. 시형이네랑 프린세스 가족과 몇몇 가까이에 계시던 분들과 6프랑 주고 산 초콜릿을 다 같이 나누어 먹었다. 알프스의 전망대에서 먹는 초콜릿은 많이 달지 않으면서도 부드럽고 맛있었다. 초콜릿 포장지 하나하나마다 그려져 있는 알프스의 봉우리를 보며 초콜릿 한 봉지로 따뜻한 시간을 가진 우리는 드디어 내려가는 등반열차에 올라탔다.

내려가는 여정은 중간역에 내려 케이블카로 갈아타고 간다고 했다. 난 케이블카 타는 게 좀 무서워 그대로 등반열차를 타고 가고 싶었지만 가이드는 이번 패키지여행 분들은 정말 날씨의 요정이 있는지 등반열차와 케이블카를 다 타고 너무나 선명한 리기산 정상도 다 보았으니 아마 사 대가 덕을 쌓고 오신 게 틀림없다며 우릴 케이블카로 등 떠밀었다. 케이블카를 타고 내려오며 바라보는 풍경은 압도적이었다. 케이블카가 붕 올라갔다가 갑자기 하강하기를 두 번 하면서 비명과 함성 소리가 동시에 울려 나왔다. 난 눈을 감고 함성소리가 끝날 때까지 손을 꼭 모으고 있다가 살짝 실눈을 떠서 사방을 바라보았다. 아! 한쪽으론 알프스가 또 이편으론 스위스의 목가적인 마을들이 눈앞에 펼쳐졌다. 병풍처럼 호숫가를 둘러싸고 있는 알프스와 호수 건너편에 펼쳐져 있는 구릉지대와 마을들… 이걸 타지 않았으면 결코 볼 수 없는 풍경들…. 그래도 아마 혼자 와서 케이블카를 타라고 했으면 타지 않았을 것 같다. 여럿이 같이 타니까 덩달아 타서 그 풍경을 오롯이 보고 왔다. 그래도 케이블카가 움직이는 동안 얼마나 긴장이 되는지 다 내려 왔을 땐 다리가 풀려 휘청휘청했다. 산에서 내려오니 어느새 어둠이 내려와 있다. 언제 또 다시 이 알프스를 와 보나 아쉬움 마음에 자꾸만 뒤돌아보게 된다. 멀리 마을들엔 한 집 두 집 불이 켜지고 밤하늘엔 어느새 반짝 반짝 작은 별들이 눈 덮인 알프스를 밝혀 주고 있다.

루체른, 리기산

CAMERA360

프린세스 가족

리기산을 내려와 호텔로 온 우리는 방을 배정받고 곧바로 호텔 옆 이태리 식당으로 향했다. 오늘 배정받은 호텔은 지금까지 여행하며 들어온 호텔 중에 가장 좋았다. 시설이 깨끗할 뿐 아니라 방도 넓고 화장실 샤워부스도 너무나 크고 깨끗해서 테쉬에서의 고달픈 이틀간의 잠자리가 한꺼번에 보상을 받는 느낌이었다. 침대도 크고 폭신하고 깨끗한 침구와 커피포트 커피와 각종 차가 준비되어 있어 즐거운 환호성을 지르며 우리는 잠시 호텔방을 감상했다. 언니와 캐리어를 잠시 정리한 후 우리는 로비로 내려가 식당으로 향했다.

시형이네는 이미 도착해 우리 좌석을 준비해 놓고 있었고 우리 옆 테이블엔 프린세스 가족이 앉아 있었다. 여행하며 이 가족과 한 번 같이 식사를 하며 담소를 나누고 싶었는데 오늘 드디어 가까이 같이 앉게 되었다. 이 가족은 딸 셋과 부부가 함께 왔는데 여행 내내 혼자 오신 분이나 다른 분들을 잘 챙겨 주셔서 참으로 고마웠다. 따님 세 분이 다 너무 예쁘고 착해서 내가 프린세스 가족이라고 이름을 지어 드렸다. 부부 두 분도 얼마나 보기가 좋은지 여행 내내 다른 분들의 부러움을 샀다. 여행을 다니면서 그 가족을 부러운 눈으로 많이 쳐다보았다. 모든 것을 공급하는 아빠와 함께 여행하는 따님들이 너무 행복해 보였다. 우리도 딸부자 집인데 어렸을 때 한 번도 가족이 함께 여행을 가 본 기억이 없다. 아버지가 초등학교 6학년 때 돌아가셨으니 사실은 그럴 시간이 없었기도 하다. 또 그 시절은 먹고살기도 빠듯해서 여행은 꿈도 꿀 수 없는 시절이기도 했다. 6학년이 되기까지 난 한 번도 태어난 김천을 나가 본 적이 없었으니….

6학년 때 담임 선생님이 처음으로 우리를 데리고 추풍령에 데리고 가신 적이 있었다. 60명이 넘는 반 아이들을 데리고 총각 선생님이 기차여행을 시켜 주신 것이다. 그때 비둘기호를 타고 추풍령까지 30분 조금 넘는 거리를 여행했는데 그 전날부터 잠을 잘 수가 없을 만큼 많이 기다렸다. 처음으로 친구들과 타 본 기차 안에서 재잘거리며 추풍령고개를 넘어갔던 기억이 새롭다. 추풍령에 내려 넓은 풀밭에서 가져온 김밥 도시락과 계란을 나눠 먹고 함께 둥글게 손을 잡고 원을 그리며 노래 부르고 놀았던 그 여행…. 난 지금도 6학년 때 그 담임 선생님이 참 고맙다. 기차 한 번 못 타 본 우리 촌 애들을 60명이나 데리고 추풍령까지 데리고 가 주신 선생님…. 지금 내가 학생들을 가르치는 입장에서 보면 어떻게 그 많은 아이들을 데리고 기차를 태워 주실 생각을 하셨는지 정말 보통 정성이 아니셨다. 왕복 차비도 선생님이 다 부담하셔서 우리를 데리고 갔다 오셨으니 평소에 그렇게 말 안 듣고 말썽쟁이인 3수생 남자애들도 그날은 아무도 사고를 치지 않고 선생님 말씀을 잘 들어 무사히 여행을 다녀왔다. 그때 우리 담임 선생님은 지금 프린세스 가족의 아빠처럼 우리의 모든 필요를 공급하시는 분이었다. 오늘 이 가족을 보니 그때의 우리 선생님이 생각난다.

저녁으로 나온 샐러드와 스파게티를 기다리며 우린 포도주라도 시키려고 메뉴판을 가져다 달라고 했는데 프린세스 가족의 사모님께서 뭐 시키지 말라고 하시며 우리 것도 이미 같이 시키셨다고 했다. 이태리식 식당이라 원래 피자가 전문인 집이어서 화덕 피자와 음료를 우리 것도 같이 시키셨다며 낮에 리기산에서 비싼 초콜릿을 주시지 않았냐고 웃으신다. 세상에나… 6프랑짜리 초콜릿 한 봉지로 하나씩 나누어 먹었을 뿐인데 비싼 피자와 포도주까지 사 주시다니…. 건너편 테이블에 앉으신 분들도 우리가 먹는 피자를 보고 덩달아 시키신다. 그날 우린 덕분에 이태리 정통 피자와 포도주를 맛나게 먹으면서 서로 어디서 왔는지 서로의 얘기들을 했다.

이분들은 대구분들인데 서울에 이사 가신 지 몇 년이 되었다고 하셨다. 아직도 서울 생활이 잘 적응이 안 된다고 하시며 대구에서 학교를 나왔다고 하니 반가워하신다. 공주님들의 아버지는 서울에서 사업을 하시고 대학생인 줄로만 알았던 공주님들은 나이들이 제법 많아 깜짝 놀랐다. 온 가족이 동안이어서 비결이 뭔지 궁금했다. 아마 이분들을 볼 때 항상 웃고 행복한 에너지를 발산하시는 게 젊게 사시는 비결인 것 같았다. 여행 기간 내내 이 가족 덕분에 많이 웃고 마음이 따뜻할 때가 많았다. 함께 늘 같이 밥을 먹은 시형이네도 참 따뜻한 가족이었다. 조용하고 과묵하던 시형이, 식사 때마다 우리를 챙기며 포도주와 맥주도 많이 사 주셨던 시형이 어머니…. 다음에 다시 스위스를 갈 수 있는 기회가 주어진다면 다시 이 가족들과 함께 여행을 가고 싶다. 순천에서 온 대학생 오누이와 홀로 여행 오신 멋진 삼촌, 울산에서 온 엄마와 딸, 또 그때 함께 여행한 우리 팀의 모든 분들과 가이드님께도 이 글을 쓰며 안부를 전한다.

CAMERA360

CAMERA360

CAMERA360

CAMERA360

취리히 라인폭포
생갈렌

루체른에서 스위스에서의 마지막 밤을 보내고 다음 날 우린 취리히로 이동했다. 스위스에 와서 처음으로 엄청 추웠다. 시내투어를 한다고 해서 가볍게 입고 나왔는데 웬걸 너무 추워 덜덜 떨며 시내를 돌아다녔다. 2년 전 재림이와 함께 취리히를 방문한 적이 있었다. 잘츠부르크에 여름 음악캠프를 왔다가 잠시 시간을 내어 일곱 시간 기차를 타고 취리히에 왔었다. 3일간 있으면서 다른 도시는 가 볼 엄두도 못 내고 취리히 카드를 사서 취리히 근교와 시내를 기차 트램 지하철 유람선까지 무제한으로 타고 돌아다녔다. 살인적인 스위스 물가를 생각할 때 탁월한 선택이었다.

식사는 호텔에서 조식만 든든하게 먹고 나머지는 햄버거 하나씩 먹으며 시내 구석구석을 돌아다녔다. 특히 알프스가 보고 싶어 무료 기차 구간인 쥬크까지 갔지만 알프스의 낮은 봉우리만 살짝 봤을 뿐 우리가 기대한 알프스는 보지 못해 내내 아쉬웠다. 한 시간 거리에 있는 루체른은 가 볼 엄두도 못 내고 취리히 호수에서 유람선을 원 없이 타고 이 마을 저 마을을 돌아다녔다. 그때 비록 알프스는 가지 못했지만 취리히 호수에서 바라본 마을의 풍경들이 너무나 그림 같고 예뻐서 3일 내내 시간 날 때마다 무료로 유람선을 탔다. 호수가 얼마나 맑고 깨끗하던지 그림 같은 풍경을 보며 꼭 다시 와 보리라 했던 스위스를 지금 다시 와 있다.

이번 패키지여행 일정은 취리히는 잠깐 스쳐 가는 구간이어서 그때 유람선을 타고 취리히를 둘러보지 않았으면 많이 아쉬웠을 뻔했다. 언니에게 취리히 호수에서 유람선을 타고 커피를 마시며 그림 같은 호수 마을 풍경을 보여 주고 싶었는데…. 그러나 어찌됐든 쯔빙글리가 종교개혁을 일으켰던 교회도 가 보고 가볍게 시내투어도 하고 취리히 호수를 보기는 해서 조금은 위안이 되었다. 시내를 투어할 동안 얼마나 춥던지 난 목도리를 머리까지 둘러쓰고 쏘냐가 되어 돌아다녔다. 가이드는 지금까지 여러분들이 너무 좋은 날씨에서 여행했는데 이게 원래 스위스의 겨울 날씨라고 했다. 그런데 그건 시작에 불과했다. 다음 날 마지막 여정인 독일에서의 아침은 우리가 그동안 얼마나 편안하게 여행을 다녔는지 깨우쳐 주었다.

취리히에서의 짧은 시간을 뒤로하고 우리는 샤프하우젠으로 이동했다. 라인폭포를 보기 위해서였다. 버스 안에서 잠깐 추운 몸을 녹이며 스위스에서의 마지막 풍경들을 눈에 담아 보았다. 아직도 가 보고 싶은

곳도 많고 알프스도 한 번만 더 보고 가고 싶은데 오늘 오후엔 독일로 넘어간다. 5일 동안 꿈같은 시간을 보냈다. 패키지여행을 하며 이렇게 마음 맞는 좋은 분들과 여행한 것도 너무 감사하고 마태호른과 리기산 정상을 다 보게 해 준 날씨도 새삼 고맙다. 아니 이 모든 환경 뒤에 우리를 축복하신 하나님께 감사와 찬양을 드린다. 스쳐 지나가는 스위스의 풍경들을 보며 깜박 잠이 들었는데 차는 어느새 라인폭포앞 주차장에 도착했다.

라인폭포! 거대한 폭포는 아니었지만 완만하게 펼쳐져 있는 라인폭포는 너무나 아름다웠다. 버스에서 내려 언덕 위에서 내려다 본 폭포는 너무나 장엄하면서도 고요했다. 가슴이 확 트여 오는 폭포 앞에서 우린 스위스에서의 마지막 절경을 즐겼다. 파랗게 반짝이는 물결을 따라 그 속에 수많은 물고기가 떼를 지어 움직이고 있었다. 언니는 연신 사진을 찍으며 감탄을 연발했다. 폭포 뒤에 둘러 있는 낮은 고성들 폭포 밑 호숫가를 따라 쭉 펼쳐 있는 나무 테크길을 걸으며 듣는 폭포소리는 스위스여행의 백미를 장식해 주었다. 한 가지 재미있었던 것은 백조 한 마리가 호수에서 올라와 길가에 앉아 사람들을 피하지 않고 떡하니 앉아서 같이 사진도 찍고 귀찮게 하지 말라며 고개를 박고 졸기도 해서 한참을 그 녀석과 실랑이를 벌이며 웃었다. 마치 자기 구역인 양 사람을 무서워도 하지 않고 자리를 지키고 있는 녀석의 모습에 한참을 웃었다.

라인 폭포에서 마지막 스위스의 절경을 눈에 담은 우리는 샤프하

우젠 마을로 이동해 점심을 먹었다. 스위스에서의 마지막 식사다. 물가 비싼 스위스에서 신선한 야채와 샐러드, 오이, 감자와 당근, 브로콜리, 피망 등이 골고루 나오고 찍어 먹을 수 있는 치즈도 곁들여 나와서 뒤에 나온 스테이크보다 더 맛있게 먹었다. 감자나 야채들을 그냥 살짝 익혀서 나온 단순한 요리인데 치즈에 찍어 먹으니 고소하고 담백하며 재료 본연의 맛을 느낄 수 있었다. 시형이 엄마랑 한국에 돌아가서 이렇게 응용해서 요리해서 먹으면 참 건강식이 되겠다며 얘기를 주고받았다. 이날 또 밀로 만든 맥주가 유명하다고 해서 시형이 엄마가 아주 큰 잔으로 사 주셨는데 그날의 요리와도 너무 잘 어울려 대낮에 음주가무(?)를 했다. 그 많은 맥주를 다 마시고 나온 요리도 거의 다 먹어 완전 배가 부른데도 신기하게 속은 부대끼지 않았다. 스위스에 와서 식사 때마다 와인 아니면 맥주를 마셔서 졸지에 우린 술꾼이 다 되었다. 한국에서 먹지 않는 술을 스위스에서 매일 마셨으니 평생 마실 술을 이번 여행길에 다 마신 셈이다. 암튼 스위스에서의 마지막 식사를 우린 즐겁게 마치고 마지막 일정인 생갈렌 도서관으로 이동했다.

옛날 수도원에서 직접 필사한 성경과 여러 다른 책들이 보관되어 있는 생갈렌 도서관 내부를 관람하며 사람이 필사한 책이 어떻게 그렇게 정교할 수 있는지 도서관에 소장되어 있는 책들을 보며 한 자 한 자 성경을 필사한 수도사들을 생각해 본다. 그들은 이 말씀을 필사하며 주님과 어떤 영적인 교통을 가졌을까? 한 말씀 한 말씀을 필사해 나갈 때마다 주님과의 교통도 더 깊어졌으리라. 도서관 창가에 있는 이동식 책상과 의자에 앉아 잠시 책을 보며 창가로 들어오는 햇살도 느껴 보고 도서관 곳곳에 전시되어 있는 그림이 그려진 아주 커다란 성경책도 읽으면서 생갈렌 도서관 내부를 돌아다녔다. 나무 바닥이 미끄러워 발을 질질 끌며 넘어지지 않으려고 우스꽝스런 모습으로 도서관 투어를 마친 우리는 스위스에서의 마지막 일정을 카메라에 담았다. 수도원과 성당 도서관 외부를 돌면서 마지막 스위스의 모습들을 가슴에 담은 채 우린 드디어 버스를 타고 독일로 향했다. 독일까지 세 시간 정도 달려야 국경을 넘는다니 아쉬운 마음을 달래며 점점 바뀌어 가는 창밖의 풍경을 바라보며 스위스여행을 마무리해 본다.

CAMERA360

MUSEUM
for now or forever
LC ZH
MUSEUM
BELLERIVE

CAMERA360

CAMERA360

CAMERA360

CAMERA360

시형이네

여행을 하면서 마음 맞는 사람과 같이 밥을 먹는 것은 큰 행운이다. 스위스 일주를 하면서 여행 첫날부터 우리와 한 가족이 되어 늘 같이 밥을 먹은 시형이네, 과묵하고 씩 웃는 모습이 멋진 시형이가 여행을 다녀온 후도 가끔씩 생각이 난다. 워낙 조용해서 묻는 말에 씩 한번 웃어 주고 그 다음은 침묵인 시형이가 이상하게 하나도 어색하지 않고 편안해서 여행 내내 우리는 서로 한 가족처럼 서로를 챙기며 같이 다녔다. 누나 같은 시형이 엄마도 너무 동안이라 꼭 오누이처럼 보였다. 첫날 우연히 같은 테이블에 앉아 밥을 먹었는데 여행이 끝날 때까지 계속 같이 밥을 먹었다. 시형이 엄마가 우리에게 와인과 맥주도 자주 사 주어 우린 덕분에 술꾼이 다 되었다. 원래 술을 마시지 않는데 프라하에 갈 때마다 재림이랑 흑맥주 한 잔 시켜서 나누어 마시던 습관이 이번 여행에서도 식사 때마다 시형이 엄마가 와인을 사 주셔서 음주를 즐기곤 했다.

엄마와 아들이 다 조용해서 같이 여행을 다니면서도 있는 듯 없는 우리 곁에 항상 같이 있어 주었다. 예전에 재림이가 프라하에서 유학할 때 우리가 트램이나 버스 안에서 얘기를 하면 가끔씩 사람들이 우리를 놀란 눈으로 쳐다볼 때가 있었었다. 그럴 때마다 재림이가 '엄마 목소리 낮춰야 해요' 하고 눈치를 주면 놀라서 멋쩍게 고개를 숙이곤 했던 기억이 난다. 재림이가 귀국하기 전 동유럽 일주를 함께했던 적이 있는데 지금 시형이네를 보니 그때의 우리도 엄마와 아들이었다. 함께 유럽을 여행하며 우린 조금 시끄럽게 돌아다녔는데 시형이네는 정말 조용했다. 그렇다고 말이 없는 건 아니고 소곤소곤 오누이처럼 다정하게 여행하는데 예전에 재림이와 나는 제법 소음이 심한 여행객이었던 것 같다. 우린 감탄사도 엄청 많이 연발하고 둘이 목소리도 톤이 높아 조금만 크게 말해도 사람들이 둘이 싸우나 싶어 쳐다보기도 해서 여행 내내 주위 사람들이 많이 웃었는데 시형이네는 정말 조용한 가족이었다.

그 시형이가 취리히에 갔을 때 시내투어를 마치고 생갈렌으로 이동하기 전 가이드가 화장실을 다녀오라고 해서 단체로 화장실을 갔는데 화장실이 엄청 불편하고 남녀 딱 하나씩만 있어서 숫자가 적은 남자 여행객은 금방 볼일을 보고 나왔는데 여자 분들은 숫자가 많아 시간이 많이 걸렸다. 모이기로 한 시간이 지나도 시형이네가 오지 않아 걱정이 되어 찾으러 갔더니 시형이 엄마가 맨 마지막에 줄을 서 있어서 그때까지도 화장실에서 나오지 못했다. 그런데 시형이가 화장실 입구에서 딱 버티고 서서 엄마를 기다려 주고 있었다. 시간이 꽤 흘러서 걱정이 되어 뛰어갔는데 화장실 입구에서 엄마를 기다리고 있는 시형이를 보니 피식 웃음도 나고 대견하기도 했다. 말이 없지만 속 깊은 시형이가 시형이 엄마는 얼마나 든든했을까? 예전에 재림이와 함께 유럽여행을 할 때도 같이 여행하던 분들이 그렇게 부러워하셔서 든든했는데 이번엔 내가 시형이네를 부러운 눈으로 쳐다볼 때가 많았다.

재림이 녀석은 지금 군대에 가 있어서 함께 여행을 할 수 없는데 시형이네를 보니 그때 함께 유럽여행을 다닌 게 정말 감사한 시간이었음이 새삼 느껴졌다. 여행 내내 재림이 생각이 많이 났지만 시형이네가 그 빈자리를 많이 채워 주고 많이 웃게 했다. 과묵한 가족이었지만 분위기도 잘 맞추어 주고 항상 우리를 배려해 줘서 정말 한 가족 같았다. 사실 패키지여행을 다니면 식구가 많으면 상관없지만 혼자나 둘이 올 경우 밥 먹을 때마다 다른 팀과 함께 앉아 먹어야 하는데 이게 은근히 불편할 때가 참 많다. 서로 배려하고 얘기도 나누면 좋은데 한마디 말없이 밥만 먹고 일어서야 할 때도 있어 머쓱할 때도 많은데 이번 여행은 시형이네랑 첫날부터 가족처럼 너무 편하게 같이 밥을 먹어서 참 행복했다. 매일 같이 여행하고 같이 밥을 먹어 정도 많이 들었는데 마지막에 공항에서 인사도 제대로 못 나누고 와서 많이 서운했다.

시형이에게 선물이라도 하나 사 줘야 하는데 아무것도 사 주지 못하고 와서 여행을 다녀와서도 내내 마음에 걸렸다. 다음에 또 기회가 되면 이번엔 나도 재림이를 데리고 같이 한 번 여행을 할 수 있으면 좋겠다. 동생을 좋아하는 재림이라 아마 둘이 얘기도 잘하고 친하게 지낼

것 같다. 다음에 같이 여행을 하게 되면 이번엔 내가 와인과 맥주도 대접하고 함께 퐁듀를 먹었던 그뤼에르 치즈마을에서 하룻밤 머물며 알프스의 별을 보며 더 많은 얘기들을 나누고 싶다.

CAMERA360

CAMERA360

CAMERA360

슈투트가르트

스위스에서의 마지막 일정을 마치고 우리는 독일의 슈투트가르트로 넘어왔다. 세 시간이 넘는 긴 시간을 버스 안에서 곤한 몸을 추스르며 스위스의 마지막 마을들을 통과할 때도 계속 창밖의 풍경을 눈에 담았다. 독일로 가까이 갈수록 집들의 모양과 느낌이 조금씩 달라져 갔다. 독일은 잘 정돈되어 있고 어두운 목조 건물이 큼직큼직 마을을 형성하고 있었다. 한 가지 비슷한 것은 어느 마을이나 마을 중앙엔 예배당이 있고 그곳을 중심으로 집들이 옹기종기 모여 있었다. 하나의 그림처럼 어느 마을을 지나가도 비슷한 형태의 모습이었다.

어둠이 내리기 시작하면서 마을마다 희미한 불빛이 한 집 두 집 새어 나오기 시작했다. 우리처럼 밝은 불빛이 아닌 희미한 가로등과 불빛이 묘하게 목조 건물들과 조화를 이루며 또 다른 모습을 보여 주고 있었다. 독일로 넘어오면서부터 날씨가 심상치가 않았다. 비가 내리고 바람이 거세게 불기 시작해서 내일 공항에서 비행기를 탈 수 있을지 걱정스런 소리들이 흘러나왔다. 대한항공 홈페이지엔 프랑크프르트공항이 비바람으로 인해 결항이 많다고 올라와 있어 여행 막바지에 유럽의 매서운 겨울 날씨를 톡톡히 느끼게 해 주었다. 가이드는 이게 유럽의 진짜 겨울 날씨라며 여러분들이 그동안 너무 좋은 날씨에서 여행해서 실감이 안 나실 것이라고 했다.

어둠이 완전히 내린 독일의 슈투트가르트에 도착한 우리는 호텔에 체크인을 하고 배정받은 방으로 올라갔다. 독일의 호텔은 크고 널찍할 뿐만 아니라 EV도 아주 커서 캐리어를 들고 몇 명이 타도 될 만큼 넉넉했다. 호텔 방 안도 아주 넓고 밝아 스위스와는 또 다른 모습이었다. 어제 스위스에서 마지막 호텔방이 너무 좋아 그게 최고인 줄 알았는데 이곳은 더 넓고 좋았다. 방에서 짐을 풀고 모바일로 대한항공 체크인을 하고 호텔 레스토랑으로 식사를 하러 갔다. 시형이네가 벌써 내려와 자리를 맡아 놓고 기다리고 있었고 다른 팀들도 이미 다 와서 식사를 하고 있었다.

독일에서의 마지막 저녁 만찬이라 내가 맥주를 시켰다. 독일 맥주가 유명하다는데 그냥 지나칠 수 없고 또 그동안 시형이어머니가 너무 많이 우리에게 와인과 맥주를 대접해서 오늘은 꼭 내가 사 드리고 싶었다. 뒤 테이블에 앉은 프린세스 가족에게도 맥주를 사 드리려고 했는데 웬걸 카드는 받지 않고 현금만으로 계산할 수 있다고 했다. 가지고 있는 유로가 얼마 없어 우리 것만 시켰는데 굉장히 미안했다. 어젯밤 피자랑 와인도 얻어 마셨는데 대접도 못하고 우리만 시켜 마음이 굉장히 불편했다. 언니도 가진 유로가 별로 없어 빌리지도 못해 식사 내내 신경이 쓰였다. 물론 프린세스 가족은 전혀 개의치 않으셨지만 마지막 저녁 식사인데 참 아쉬웠다.

저녁은 간단한 뷔페식이었는데 이상하게 음식이 다 짜고 맛이 없었다. 종류는 스위스보다 많은데 입에 맞는 음식이 하나도 없어 가져온 음식은 거의 먹지 않고 맥주만 마셨다. 여행 내내 맥주나 와인을 마셔 정말 술꾼이 다 된 것 같다. 레스토랑도 크고 테이블도 크고 독일 사람들도 키가 커서 거인의 왕국에 온 느낌이다. 다만 독일 사람들은 스위스 사람보다 더 무뚝뚝하고 표정이 딱딱하며 약간의 우월감이 느껴졌다. 시형이네랑 맥주를 마시며 식사를 하다 보니 어느새 다른 팀들은 다 자리를 비우고 우리만 남아 있었다. 여행의 마지막 밤이라 아쉬운 마음이 가득해서 더 얘기하고 싶었지만 이미 직원들이 테이블을 정리하고 있어서 우린 조금 서운한 마음을 뒤로한 채 방으로 올라왔다.

몇 팀은 호텔방에서 한잔하면서 마지막 밤을 보낼 거라며 맥주와 먹을 것들을 사러 갔다. 시형이네와 인사하고 방으로 돌아온 우리는 마지막 짐을 정리하고 대한항공 홈페이지를 계속 들여다보며 내일 무사히 비행기를 탈 수 있을지 체크해 보았다. 어느새 여행의 마지막 밤이다. 국내 뉴스는 그 사이 코로나 확진자가 늘어 시끄러웠고 밖에는 비바람이 불고 있어서 나갈 엄두도 내지 못하고 커피를 한 잔 끓여 마시며 어두운 창밖을 내다보았다. 그동안 마스크 없는 세상 중국인과 코로나 없는 청정지역에서 너무나 잘 지냈는데 내일 한국으로 간다고 생각하니 아쉬운 마음이 가득하다. 시간을 돌릴 수만 있다면 다시 스위스로 넘어가 체르마트로 가서 알프스를 한 번 더 가 보고 싶다. 눈 덮인 알프스의 봉우리들과 마태호른을 한 번 더 보고 싶다.

여러 가지 생각에 잠을 이루지 못하는데 언니는 벌써 잠들어 있다. 원고라도 좀 쓰고 싶은데 잠든 언니를 깨울까 싶어 불을 끄고 어둠속에 가만히 누워 있다. 테쉬에서의 밤처럼 이상하게 잠이 오지 않고 말똥말똥 생각만 왔다 갔다 하며 슈투트가르트에서의 마지막 밤이 그렇게 깊어 가고 있었다.

CAMERA360

HOTEL RITTER
RESTAURANT
CAMERA360

CAMERA360

하이델베르크

밤새 뒤척이며 어둠 속에서 거의 뜬 눈으로 잠 못 이룬 나는 새벽이 되어서야 잠깐 잠이 들었다. 그 사이 언니가 일어나서 씻고 짐을 챙기는 소리에 눈을 뜨니 새벽 5시, 나도 얼른 일어나 씻고 짐을 챙겼다. 아무래도 날씨가 심상치가 않다. 대한항공 홈페이지엔 오늘 한국으로 가는 비행편이 결항이 될지도 모른다고 공지가 올라오고 유럽의 거의 모든 항공사들이 강한 비바람으로 무더기 결항사태가 예상된다고 했다. 조식을 먹으려고 레스토랑에 내려가 창가에 앉았는데 바람소리가 요란했다. 비바람과 강풍이 몰아치고 있었다. 조식을 먹고 호텔방에 올라와 짐을 챙긴 후 버스를 타러 나가는데 비바람이 너무 거세어 제대로 걸을 수조차 없었다. 바람에 떠밀리다시피 걸어가 겨우 버스에 올라탔다.

폴란드 기사님은 폴란드엔 악천후로 공항이 폐쇄되었고 유럽 많은 나라의 공항도 무더기 결항이 속출한다며 자기도 오늘 폴란드로 일곱 시간 차를 몰고 돌아가야 하는데 날씨 때문에 걱정이라고 했다. 뭔가 심상치 않음을 느끼면서 여행 잘하고 한국 못가는 거 아닌지 서서히 걱정이 되기 시작했다. 자리에 앉아 여행의 마지막 일정까지 무사히 지켜 주시고 축복하시길 마음속으로 하나님께 기도했다. 다른 일행들도 한 팀씩 올라타면서 걱정스런 얘기들을 많이 했다. 제일 중요한 건 오늘 대한항공이 뜰 수 있는지에 대한 것이었다.

아직 결항에 대한 정식 문자가 없었기에 일단 우리는 날씨가 좋아지길 간절히 바라면서 마지막 여정인 하이델베르크로 향했다. 일주일간 너무 좋은 날씨에 여행을 다녀 이게 유럽 날씨라고 착각한 우리에게 가이드는 오늘 이 날씨가 겨울 유럽의 일반적인 날씨라며 너무 놀라지 말라며 삼대가 덕을 쌓은 팀이니 끝까지 날씨가 우리 편인지 한번 보자며 농담을 했다. 버스 안에서 바라본 독일의 시가지는 비바람 대문에 왠지 스산하고 황량했다. 바람이 너무 불어 그 큰 버스가 흔들려 기사님도 최대한 조심해서 운전하길 한 시간, 슈투트가르트를 벗어난 버스는 어느새 해가 비치고 바람이 멈춘 맑은 겨울 날씨인 고속도로를 달리고 있었다.

비가 그치니 독일의 풍경도 아름답게 바뀌고 있었다. 하이델베르크에 도착했을 때는 약간 바람이 불긴 했지만 비는 내리지 않았다. 이 정도 날씨면 비행기가 결항되는 일은 없을 것이라 안심하며 하이델베르크 고성투어를 시작했다. 가이드는 정말 이 팀은 끝까지 날씨가 도와준다며 우리를 복이 많은 여행팀이라고 했다. 하이델베르크는 깨끗하고 밝은 도시였다. 옛날 고성이 있는 언덕 위에 올라가 시내 전망을 보며 사진을 찍었다. 스위스에서 알프스를 보고 온지라 가슴은 별로 콩닥거리지 않았지만 독일의 대학도시인 하이델베르크도 유럽의 다른 도시들처럼 강이 흐르는 양옆으로 마을들이 형성되어 나란히 마주보며 그 아름다움을 보여 주고 있었다. 특이하게 이곳도 프라하처럼 지붕이 다 빨간 지붕이어서 꼭 프라하에 와 있는 착각도 순간 들었다. 독일의 검은색 목조건물과 달리 이곳의 건물들은 다 빨간 지붕이어서 도시 전체가 밝고 화사하게 보였다. 바람이 좀 불어 춥긴 했지만 옛 고성 위에서 바라보는 하이델베르크 시가지는 아름다웠다. 아직 겨울이라 황량한 겨울 풍경에도 빨간 지붕의 도시는 전체적으로 밝고 정겨웠다.

고성을 내려와 시내로 가서 강물 위에 걸쳐 있는 다리를 걸을 때는 바람이 많이 불어 입고 간 패딩에 달린 모자를 고등학생처럼 푹 눌러쓰고 다녔다. 짧은 하이델베르크 시내투어를 마친 우리는 점심을 먹으러 식당으로 갔다. 유럽에서의 마지막 식사다. 우린 이 식당에서 처음으로 여행사의 다른 패키지 팀과 마주쳤다. 우리가 먼저 식당에 도착해서 앉아 있는데 갑자기 시끌시끌 동양인이 들어오기에 처음엔 중국인인 줄 알았다. 그런데 알고 보니 한국의 고등학교 선생님들이 단체로 연수차 독일여행을 온 것이었다. 이 팀은 들어올 때부터 시끄럽더니 식사하는 내내 시끄러웠다. 우리 팀이 얼마나 조용한 분들이었는지 새삼 비교되는 장면이었다.

이날 우리 메뉴는 생선과 크로켓이 나왔는데 이 팀은 함박스테이크와 감자튀김이었다. 그런데 생선요리가 너무 우리 입에 맞지 않아 거의 식사를 하지 못했다. 생선을 튀긴 게 아니라 그냥 쪄서 크로켓이랑 주는데 정말 입에 맞지 않았다. 게다가 빵도 딱 숫자에 맞게 나와서 시형인 빵만 먹고 거의 식사를 하지 못했다. 저쪽 팀은 맥주에 뜨거운 불판에 지글거리는 함박스테이크와 감자튀김을 먹는데 많이 비교가 되었다. 조용한 우리 팀과 달리 그 팀은 너무 시끄러워서 서둘러 식사를 마치고 밖으로 나왔다. 밖으로 나오니 우리 팀의 일행들이 음식 가격표를 보고 있었다. 사실 대부분 식사를 거의 못한지라 분명 한두 사람은 볼멘소리가 나오겠구나 생각했는데 다들 아무 말이 없이 공항으로 향하는 버스에 올라탔다. 이번 여행을 하면서 새삼 우리 팀 분들이 얼마나 조용한 분들인지 느끼는 순간이었다.

식사 때 얼굴을 비추지도 않던 가이드는 버스에 타고야 얼굴을 나타내서 식사 맛있게 했냐며 생선 요리가 우리 입에는 좀 안 맞았을 거라며 독일 요리가 그러려니 생각하라고 했다. 그리고 공항으로 가기 전 마지막 쇼핑센터에 갈 텐데 엄청 긴 시간을 쇼핑할 물건에 대한 안내의 말을 했다. 아마 이번 여행 중 가장 많은 말을 한 것 같았다. 물건에 대한 홍보를 하는데 얼마나 유창하게 말하는지 처음으로 가이드가 이렇게 말을 잘하는 사람이었나 싶어 혼자 속으로 웃었다. 공항으로 가는 한 시간 내내 쇼핑 할 물건을 홍보해서 머리가 조금 아플 즈음 다행히 차는 공항 면세점에 도착했다. 독일에서의 마지막 일정은 그렇게 쇼핑센터에서 끝났다. 언니와 나는 작은 독일 칼과 볼펜, 탈취 비누를 샀다.

아마 우리가 가장 적게 산 것 같았다. 애초에 여행이 목적이고 가지고 간 돈도 거의 없는지라 우린 각자 산 물건 값이 5만 원도 채 되지 않았다. 가이드가 목이 아프도록 홍보를 했는지라 너무 적게 사서 가이드에겐 조금 미안했지만 우린 꼭 필요한 물건만 샀다.

쇼핑을 마치고 나온 우리는 드디어 폴란드 기사님과 헤어질 시간이 되었다. 가이드가 가지고 온 라면 같은 게 남아 있으면 기사님께 드리면 좋아한다고 얘기해서 나는 어젯밤 호텔에서 챙겨 놓은 선물 가방에 한국에서 가지고 간 장갑과 마스크, 라면 등과 스위스에서 산 초콜릿과 오렌지 주스 그리고 작은 선물을 미리 챙겨 놓았다. 여행 내내 밝고 환한 미소로 우리를 반겨 주었고 정말 운전을 잘해 주셔서 편하게 여행을 다녀 꼭 인사를 하고 싶었다. 버스에서 캐리어를 다 내려 주고 출발하려는 기사님께 맨 마지막에 서 있다가 짧게 감사하다는 인사와 함께 선물가방을 전해 드렸다. 제법 묵직한 선물 가방을 받으며 기사 아저씨는 깜짝 놀라는 눈치였다. 내가 편안한 여행을 하게 해 주셔서 정말 감사하다고 다시 말씀드렸더니 정말 고맙다며 환하게 웃으셨다. 기사 아저씨의 밝은 웃음을 보며 가벼운 마음으로 공항 안으로 들어갔다.

비가 조금씩 내리기는 했지만 바람은 많이 불지 않아 폴란드까지 무사히 잘 가시길 바란다. 프랑크프르트공항은 검소한 독일인의 모습을 많이 닮았다. 이제 수속하고 들어가면 스위스일주 여행도 막을 내린다. 대한항공 수속장소에 가니 사람이 굉장히 많다. 아마 거의 만석인 것 같다. 어디서 그렇게 많은 한국인이 갑자기 나타나는지 올 때처럼 중간

자리가 비어 갈 수 있을지 모르겠다. 다들 많이 피곤하고 힘든 표정들이다. 아쉬움과 섭섭함이 교차한다. 다 같이 앉아 차라도 한잔 마시며 마지막 인사를 하고 싶은데 결국 하지 못했다. 앉을 자리도 별로 없어 서서 한 시간 가까이 대기하다가 수속을 마치고 각자 안으로 들어가서 헤어졌다. 아… 올 때처럼 갈 때는 결국 다 각자 돌아가는구나…. 짧았지만 한 가족이 되어 같이 여행한 모든 분들께 감사와 고마운 마음을 전한다. 안녕 스위스, 안녕 알프스.

CAMERA360

CAMERA360

MERA360
CAMERA360

목련이 피다

출근길. 아파트 정원에 피어 있는 목련꽃. 이 암울한 환경에서도 봄은 오고 있다. 코로나로 인해 영원히 오지 않을 것 같은 봄이 하얀 목련꽃과 함께 저만치 다가와 있다. 유난히 길었던 겨울의 끝자락…. 앞날을 예측할 수 없는 암울한 시간들. 매일이 전쟁이었고 처절한 전투였다. 아침에 눈을 뜰 때 마다 몰려오는 두려움을 이겨 내야 했고 잔기침만 해도 주위의 눈치를 보아야 하는 살벌한 환경이었다. 온 국민이 마스크 한 장을 사기 위해 끝없는 줄을 서야 하고 약국에서 에탄올 한 병 구입하는 게 하늘의 별따기 같은 세상이 되었다. 마스크 없이는 동네 한 바퀴도 돌 수 없는 절박한 환경에서 집안에만 갇혀 몰려오는 우울한 마음을 극복하기 힘든 나날이었다. 사람을 만날 수 없는 환경, 학교도 도서관도 학원도 다 문을 닫아 갑자기 집안으로 내몰려 어떻게 시간을 보내야 할지 막막했던 시간들….

그 와중에도 온갖 방법으로 마스크를 직접 만들어 쓸 수 있도록 동영

상을 만들어 올리는 대한민국의 국민들… 생명의 위험을 무릅쓰고 최전선의 환경에서 국민들을 위해 자원하여 대구로 달려간 수많은 의료진과 자원 봉사자들…. 역경과 어려움 속에서도 나보다 더 남을 배려하는 사람들 덕분에 오늘이 암울한 겨울을 이겨 내고 봄이 오고 있는 것 같다. 아직도 우리가 가야 할 길이 멀지만 그래도 봄은 벌써 우리 곁에 와 있다.

하얀 목련화가 우리에게 전해주는 희망의 메시지…. 아직 날씨는 쌀쌀하지만 가지마다 물을 머금고 꽃 봉우리를 틔우기 위해 나무들이 햇살을 향해 기지개를 켠다. 조금 있으면 진달래 개나리 철쭉이 앞 다투어 고개를 내밀 것이다. 우리 모두 조금만 더 힘을 내자. 마스크 없는 세상에서 맑은 공기를 잔뜩 마시며 공원에서 산책을 하고 지인과 따뜻한 점심 한 그릇 먹으며 누리는 소소한 일상의 행복을 감사하는 마음으로 기다려 본다. 하얀 목련이 눈부신 오후이다.

CAMERA360

또 다른 알프스

출근길 송정고개를 넘어 오는데 벚꽃이 제법 피었다. 지난 주 목련이 봄소식을 들려주더니 한 주 만에 꽃들이 앞 다투어 피기 시작한다. 이번 주말이면 아마 송정고개가 벚꽃으로 가득할 것 같다. 사람들이 송정고개를 산책하며 봄을 즐기고 있다. 다들 마스크를 쓰고 걷고 있지만 그래도 꽃을 보며 웃고 있는 게 느껴진다. 이 청량한 봄을 마스크를 쓰지 않고 볼 수 있다면 얼마나 좋을까? 그래도 이렇게라도 봄의 선물을 보내 주신 주님께 감사를 드린다. 자연의 화사함만큼 아름다운 것이 있을까? 각각의 색이 다 자기의 고유한 빛을 가지고 있다. 하늘은 맑고 바람은 차갑다.

암울한 겨울을 지나며 사람들의 마음이 많이 힘들었을 것이다. 영원히 오지 않을 것 같던 봄이 우리 곁에 이렇게 와 있다. 유난히 이 짧은 봄이 눈부시고 아름답다. 긴 겨울을 보내지 않았으면 오늘 이 봄이 우리에게 이렇게 아름답고 눈물 나도록 반갑지 않았을지도 모른다. 코로나로 인해 사람들의 마음이 어둡고 두려운 시간들을 통과하고 온지라 이 봄을 보는 사람들의 표정이 누구나 감회가 큰 모양이다. 이 몇 년간 우리나라 국민들은 많은 시련을 거쳤다. 대통령의 탄핵으로 사람들의 마음이 큰 상처와 공황을 겪었고 불안한 정국으로 인하여 많은 국민들이 경제적 어려움과 일자리를 잃는 고통을 겪어야 했다. 더구나 이번 코로나로 인하여 국민들은 처음엔 너무나 큰 두려움의 시간을 거쳐야 했다.

그러나 몇 년간의 시련이 우리 국민들을 이러한 위기 가운데 하나로 똘똘 뭉쳐 이 시국을 정면 돌파하게 했다. 순식간에 늘어난 확진자로 인하여 대구가 마비되나 싶었는데 전국에서 달려온 의료진과 자원 봉사자들이 가장 위험한 곳에서 헌신하여 환자들을 돌보았다. 또한 생계가 마비된 자영업자들이 절망 가운데서도 굴하지 않고 의료진들과 자원 봉사자들을 위해 따뜻한 도시락을 만들고 커피를 준비해서 격려하며 사랑을 나누었다. 이 어려운 때 많은 고난과 좌절을 통과한 이 국민들이 오히려 더 성숙한 시민의식을 보여 주는 모습을 보며 무한 감동을 느낀다. 아마 이들의 따뜻한 마음이 봄을 불러 오지 않았을까…? 언젠가는 이 환경도 지나가겠지만 우리 시대에 이런 큰 환경을 통과하며 사람들이 보여 주는 헌신이 그 어느 때보다 감사하고 눈물 나게 소중하다. 비록 에델바이스가 핀 알프스를 가 보지 못하지만 오늘 우리는 또 다른 알프스에 와 있다. 이 봄 오는 길목에서 알프스의 노래가 울려 퍼지고 있다.

CAMERA360

에필로그

어쩌다 보니 마스크를 쓰지 않고 스위스를 활보하며 여행을 한 게 우리가 거의 마지막이 됐다. 스위스에서 돌아온 지 얼마 안 되어 유럽에도 코로나 확진자가 발표되더니 전 유럽으로 다 퍼져서 각 나라마다 국경을 봉쇄하고 난리가 났다.

우리나라도 신천지 감염자로 말미암아 걷잡을 수 없이 확진자가 퍼져나간 대구가 거의 유령의 도시가 되어 갈 무렵 각 나라마다 한국인을 입국금지시켜 정말 우울했다.

코로나19로 전 세계가 팬데믹 상태에 빠진지도 4개월…. 그동안 우리는 많은 환경을 거쳐 왔다. 하루하루가 전쟁이었으며 많은 상처와 아픔도 감내해야 했다. 학교와 도서관, 각종 공연장이 문을 닫으면서 당연히 우리 학원도 휴원에 들어가야 했다. 많은 자영업자들과 상인들이 일터를 잃었고 계속되는 전염병의 위협 속에 누군가를 마음대로 만날 수도 없고 두려움과 외로움 속에 몸부림쳐야 했다. 아침에 눈을 뜨면 들려오는 마음 아픈 소식들.. 영원히 가지 않을 것 같은 겨울이 2월과 3월 사이에 떡 버티고 서서 우리 마음을 춥게 했다.

나 자신의 일상도 많이 변했다. 처음 한 달간은 집안에만 틀어박혀 두려움과 공포 속에서 어찌할 바를 몰랐다. 레슨도 할 수 없고 교회에 가지 못하니 피아노 반주도 할 수 없었다. 갑자기 모든 게 정지되고 아무 필요 없는 사람이 되어 버린 느낌이었다. 한 달 가까이 집에만 있었더니 나중엔 거의 우울증 모드로 바뀌어 무기력한 상태에 갇혀 있는 나를 발견하곤 몸서리를 쳤다. 정말 이러다간 나 자신과의 싸움에서 져서 죽을 것 같아 다시 출근하기 시작했다. 학생이 없어도 출근해서 청소를 하고 연습하며 책을 읽고 틈틈이 글을 썼다. 오후엔 한 시간씩 산책을 하며 사람들을 보기도 하며 조금씩 또 다른 일상으로 적응해 나가기 시작했다. 이렇게 철저히 고립되어 아무것도 할 수 없는 환경이 되니 또 다른 나를 발견하게 되었다. 사람과 대화할 수 없으니 조금씩 글을 쓰기 시작한 것이 이 작은 책을 집필하게 된 것이다. 그동안 조금씩 써 놓은 원고들이 극한 환경에 다다르니 강제로 밀려서 터져 나온 것이다.

한동안 풀리지 않을 생업이 중단된 지금, 학교가 다시 문을 열면 우리 학원도 문을 열어 소수의 학생들을 여전히 가르치기는 하겠지만 이제 또 다른 나를 찾아 새로운 도전을 하려고 한다. 아마 이런 환경이 없었다면 작가로 도전해 볼 용기를 내지 못했을 것이다. 내 성격상 그냥 조용히 현실에 만족하며 학생들을 가르치며 일생을 살아갔을 것이다. 그것도 나쁘지 않지만 기왕에 이렇게 된 것 여기에서 주저앉아 슬퍼하고 있기보다 또 다른 새로운 기회를 찾아 도전해 보는 것이 좋지 않을까? 누군가 등 떠밀어야 움직일 텐데 강제로 떠 밀렸으니 원망하지 않고 감사하며 걸어가 볼 작정이다.

긴 겨울 끝에 우리 곁에 찾아 온 봄. 목련이 살짝 고개를 내밀더니 앞다투어 개나리, 진달래, 벚꽃이 활짝 피었다. 봄을 기다리던 간절한 마음들이 이렇게 꽃을 피워 낸 것 같다. 그 겨울의 끝자락에서 우리 국민들이 겪어야 했던 코로나19의 가혹한 시련…. 그러나 그 시련을 딛고 우리는 또 다른 새로운 출발을 하고 있다. 이 고난과 역경이 우리를 더 한층 성숙하게 해 주어 또 다른 새로운 기회를 만들어 주고 있다. 세계 각국에서 우리의 방역체계와 진단키트 뛰어난 의료기술과 의료용품을 원하고 있다. 먼저 이러한 고난을 통과하며 얻은 경험과 기술의 축적이 이제는 세계를 향해 뻗어 나가고 있다. 우리나라를 거절하고 문을 닫은 세계 각국이 이제 역으로 우리의 도움을 절실히 필요로 하고 있다. 2월의 대구를 생각하면 지금도 눈물이 난다.

그러나 그런 와중에서도 도시를 봉쇄하지 않고 자발적으로 사회적 거리두기를 하며 의료진과 시민들이 함께 힘을 모아 그 난국을 극복해 온 것이 오늘 온 세계를 다시 살리는 데 도움을 주고 있다. 많은 외세의 침입 속에 고난과 아픔을 수없이 통과 해온 이 민족의 뿌리엔 위기가 올 때마다 하나로 뭉쳐 극복하고 돌파해 내는 무언가가 있다. 그런 우리 국민성이 오늘의 우리를 만든 것 같다. 눈물 나게 자랑스러운 우리 국민들이다. 그래서 오늘 우린 이 위기를 지나며 새로운 도전을 꿈꾸어 본다. 각자의 위치에서 우리가 할 수 있는 최선의 것을 다시 한 번 이끌어 내기 원한다. 아니 우리가 몰랐던 우리 각자의 장점들을 새롭게 발견해 내기 원한다. 언젠가는 이 전염병도 지나가겠지만 이 고난과 역경 뒤에 또 다른 열매가 우리에게 맺히길 소망한다.

아직도 아침에 눈을 뜨면 들려오는 온갖 뉴스들이 우리 마음을 무겁게 한다. 하루빨리 이 바이러스가 사라져서 각 나라 사람들이 일상으로 되돌아가길 바란다. 이제 사회적 거리두기에서 생활 속 거리두기로 전환 한 지금…. 가끔씩 우리가 두고 온 알프스를 떠올려 본다. 이러한 재해는 어디로부터 왔을까…. 눈 덮인 능선을 누비며 환호하던 우리에게 그 넉넉한 품을 내어 줬던 알프스를 언제 다시 마스크를 쓰지 않고 가 볼 수 있을까? 이제 알프스에도 에델바이스가 피고 곳곳에 봄이 왔을 텐데 코로나로 인하여 우리는 지금 마음으로만 그곳을 다시 가 볼 수 있다.

2020년 5월의 아침에

그림으로 다시 보는 스위스여행

알프스의 노래

초판 1쇄 발행 2020년 8월 31일

지은이 박민희
펴낸이 이기봉
편집 좋은땅 편집팀
펴낸곳 도서출판 좋은땅
주소 서울 마포구 성지길 25 보광빌딩 2층
전화 02)374-8616~7
팩스 02)374-8614
이메일 gworldbook@naver.com
홈페이지 www.g-world.co.kr

ISBN 979-11-6536-730-5 (03810)

이 도서의 국립중앙도서관 출판예정도서목록(CIP)은 서지정보유통지원시스템 홈페이지(http://seoji.nl.go.kr)와 국가자료공동목록시스템(http://www.nl.go.kr/kolisnet)에서 이용하실 수 있습니다. (CIP제어번호 : CIP2020036080)